つぶやいたり さけんだり

こんなふうに歩いた半生

鳥海哲子

文芸社

つぶやいたり　さけんだり
~目　次~

第一章　来し方の記

第二章　憂いの記

つぶやいたり さけんだり
〜目 次〜

第三章 気になる記

第四章　私記——二人のわが師

第一章

来し方の記

十五歳で死ぬところだった私たち

昭和十二年七月七日（小学校二年）に日中戦争が始まり、十六年十二月八日（同六年）に真珠湾攻撃によって太平洋戦争に突入した。そして、二十年八月十五日（高女四年）の終戦まで、私たちの小・中学校時代のほとんどは戦争中に含まれる。思い出すままに私の周辺に起きた見聞や体験を記録しておきたいと思う。

「戦闘状態に入れり……」

出征兵の見送りを一口に〝兵隊送り〟と呼んでいた。

小学校の校庭、神社の境内、駅前広場などが見送りの場となることが多かった。小学生、女学生、在郷軍人、国防婦人会（主婦たち）などが整列して壮行会を行なった。駅までは町から徒歩三十分の下り坂道だったので、駅での見送りには二列に隊伍を組み、手製の紙の日の丸の小旗を振りながら「勝ってくるぞと勇ましく……」と斉唱して歩いた。

行列の前半と後半に分け、一節ずつ繰り返して歌っていった。「愛国行進曲」という歌ができてからは、「見よ東海の……」というこの歌を歌うこともあった。町長以下、町の主だった人の壮行の辞が続いて万歳三唱をした。送る側は「お国のために立派に戦ってもらいたい」と言い、征く者は「天皇陛下の御為と、また郷土の名を辱めぬように」ということが決まり文句で、すべては建前どおりの挨拶だった。

だから小学生の私には、その裏に家族たちのどんなドラマが隠されていたかという点にはまったく思い至らなかった。現在、テレビで見るように、家族が駅頭で泣きわめいたり「死なずに帰って来い」などという情景には接したことがない。

私の家には四十代の父以外に男性はいなかったし、叔父たちも中年だったので、皆応召は免れたが、母方の従兄が三人、やがて中支方面に召集されて出ていった。幸い三人とも終戦後、無事復員はしたが、一人はやがて病死した。

英霊の出迎えも駅まで出向いた。

白布に包まれた箱を首から吊して汽車を下りる人。しかし、ここでも涙を見たことはなかった。どんな悲しみも怒りも、あらわにはされなかった。

家族に出征兵も戦死者もいない私は、ただ真面目に送り迎えに出てはいたが、まだ戦争の本質に触れることはできなかった。何もわかっていなかった。夏のカンカン照りの駅頭で暑さに耐え、虚弱な私は汗まみれになって疲れて戻るばかりだった。

母たちは大日本国防婦人会という組織に組み込まれていたので、着物の上に白いかっぽう着をかけ、その上に肩からこの名を書いた白いタスキを斜めにかけていた。

当時、田舎の婦人たちは皆着物を着ており、洋服姿は見かけたことがない。かっぽう着と白タスキは、いわば母たちのユニフォームだったから、兵隊送りも慰問袋づくりも、この服装で出かけた。

小学校の裁縫室は畳敷きで広かったので、ここに細長い裁縫台を並べ、婦人たちは慰問袋を縫った。手拭いを二つ折りにした袋に、墨で「慰問袋」と書き、品物を詰めた。しかし、何を詰めたかは思い出せない。

残された記念写真には、四十名ほどの婦人たちに混った子どもの姿が九人。そのうちの一人が私である。私はまだ就学前で、昭和十年十二月三日の日付である。この裁縫室での作業風景は、おぼろげながら私の記憶にあることだ。

私は五歳。日中戦争以前のことだが、おそらく日本が満州事変（昭和六年）以降ずっと満州に常駐させた軍隊に向けて、これらの慰問袋を送り出したものと思われる。いわゆる関東軍である。

ところが、この関東軍は何と日露戦争後、満州に派遣されていたという。手元の百科事典を見ると、以下のようにその経過が明らかにされている。

関東軍（かんとうぐん）元満州国駐在の日本軍隊。日露戦争後、関東州および南満州鉄道の権益がわが国に帰属し、その警備のため関東都督府陸軍部として発足、大正八年独立して旅順に関東軍司令部として設置されたもの。（中略）関東州・南満州鉄道およびその付属行政地の警備と在満日本人の保護を任務としたが、大陸侵攻の前進基地部隊となり、昭和三年の関東軍参謀河本大作大佐の張作霖爆殺事件をはじめ、六年に勃発の満州事変から翌七年満州国の樹立を推進し、司令部も首都新京（今の長春）にうつった。「泣く子もだまる関東軍」といわれ、行政・軍政の実権をにぎって全満州を支配した。（後略）〈林　克也〉（日本百科大事典・小学館）

昭和十六年十二月八日。私は小学校六年だった。冷たい冬の朝、朝礼が始まる前の何分間か、子どもたちは校庭いっぱいに散って遊んでいた。自分がどんな遊びをしたかは覚えていない。

ただ、教員室のラジオが日米開戦の臨時ニュースを告げ始めたのを記憶している。私は、いや私だけでなくあたりの子どもたちが皆、一瞬にして動きを止めて聞き入ったように思う。ニュースが拡声機で全校庭に流されたのか、それとも偶然、私が教員室の窓辺近くにいたのか。

そして「帝国陸海軍は、本八日未明、西太平洋においてアメリカ・イギリス軍と戦闘状態に入れり……」というアナウンサーの緊迫した声音が、いまだに耳底にある。これは終戦後、何回か聞かされた録音のせいではないと思うが、「とうとうアメリカと戦争を始めてしまった！」というショックは、子ども心にも大きかった。

当時、私たちは「日本はＡＢＣＤ四国に封鎖されている」と聞かされていた。Ａはアメリカ、Ｂは英国（ブリテン）、Ｃは中国（チャイナ）、Ｄはオランダ（ダッチ）の頭文字をとったもので、インド、ビルマ（現・ミャンマー）、マレー半島あたりが英領、スマトラ、ボルネオ、ジャワ、ニューギニアなどの島々は、オランダ領の植民地になっていたことによる。

攻め入れば攻め入るほど奥の深い中国大陸での戦いは、もういつ果てるとも見通しが立たなくなり、今も昔も資源の乏しい日本は物資の不足にあえいでいた。南方の島々から、石油やゴムの原料が入らないということは恐怖だった。ＡＢＣＤ四大国が小さな日本を圧迫しているかに見えた。

子どもの幼い目には、体の大きないじめっ子のガキ大将四人が、寄ってたかって小さな弱い子をいじめているように映った。私自身が小さく虚弱だったので、日本の立場をわが身にダブらせて考え、日本がかわいそうでならなかった。悲壮感がひしひしと押し寄せていた時代だった。

今にして思えば、それは中国大陸に侵攻した日本に対する、欧米諸国の制裁的な経済封鎖ということになろう。しかし、日本に反省はなく、かえって「窮鼠、猫を噛む」という結果になったのだ。

それは現在の日米経済摩擦の状況とも似ているし、フォークランド島占拠、アルゼンチンへの経済制裁の声や英国の軍事封鎖、あるいは中東戦争などでも、眺められることだ。現に、自動車輸出の多い日本を経済侵略とみなして制裁を唱える声も高い。四十年前と似た状況が現在つくられつつある感じもする。

そして、そのときの日本は追いつめられたあげくに逆上し、無謀にもアメリカを〝噛んだ〟のだ。しかも、その己れの行為を正当化するために〝大東亜共栄圏〟〝八紘一宇〟のスローガンを掲げ、この戦いを〝聖戦〟だと国民の頭に叩き込んだ。もちろん、十一歳の私はそれを信じ切った。

大国アメリカへの挑戦は、悲壮な死にもの狂いの戦いだが、西欧諸国の植民地を解放し、アジア人の手に取り戻すための〝聖戦〟なのだと、しっかりと頭に刻み込んだ。この戦いは〝撃ちてし止まん〟だ。どうしてもやりとげなければならない戦いなのだと思った。

十七年四月、家の近くの県立市原高女に入学した。四年制の旧制高等女学校（現在・千葉県立鶴舞桜が丘高等学校）で、私たち一年生は七十名一クラスだった。

授業は一、二年の間はほぼ順調だった。しかし、英語は敵性語として一年の一学期で中止となり、単語を少し覚えただけだった。小柄でやさしい女性の英語教師はほどなく学校から姿を消してしまった。ただし、通知表を見ると、二年（十八年）のときには英語の成績も記載されている。

英語の成績は一年の一学期、二年の一年間、四年（二十年）の終戦後の二、三学期に載っているのだ。終戦後は当然だが、二年のときは代わりの教師が細々と授業を続けたものかと思う。

しかし、戦後半年の付焼刃的な授業では、英語力はまったく身につかなかった。だから上京後、上級校に進学した折、都会の女学校やミッション・スクール出の生徒たちとは大きく水をあけられていて、口惜し涙をのまされた。

二年生の授業がほぼ順調とはいえ、作業、実業、園芸などと称する、屋外の作業に振りかえられることは多くなっていた。学校の畑作業、校庭を開墾して芋畑にする作業、豚小屋掃除、草むしり……そうした校内作業から、ついには近隣の農家への勤労奉仕に遠く校外に出てゆくことがどんどん増した。

　入学時から毎日つけさせられていた「修養日誌」の昭和十八年十月十三日〜十九年五月十三日分が、一冊手元にある。その前後はなぜか失なわれてしまって残念だが、この日誌を見ると、勤労奉仕に出た記録も残されており、私自身の記憶も甦った。

たとえば冒頭。十月刈入れの時期だ。連日出かけている。地区別に団を組織してあったので、私は鶴舞団に所属していた。一年も四年も入る縦組織である。

「十月十九日　火　曇

今日は皆勤労奉仕に行ったが、鶴舞団はないので学校の作業だった。午前中は掃除と畑の草取りをした。おひるからは落花生をもいだ。随分沢山とれた」

「十月二十日　水　晴

今日は三つに分かれて作業に出た。私はさいふくじ（地名）だ。稲刈りだった。稲の方が麦より刈りよい。でも株があって歩きにくかった。……夕方おそくなって帰った」

「十月二十一日　木　曇時々小雨

体の方々が痛くていけない。小雨が降っていたので勉強かと思ったら作業だった。今日は草取りだった。雨が降っていたので傘をさしてやった。須田先生と矢野先生がいらっしゃった。矢野先生が私に上衣を貸して下さった。お蔭でとても暖かったが、先生はうすい半袖の服でさぞ寒かったでしょう。……草取りしたら、ささくれが出来て痛い」

こんな具合に、連日農家の手伝いに出ている。以上は、新かなづかいに直しただけで、ほとんど原文のままの記録である。

私は女学校の近くに住んでいたので、朝はまず学校に集合して、農家の要請する人数に割り当てられたとおり、団を組んで出かけた。出動要請のない日は学校内の作業をしたり、他町村の生徒が登校すれば授業をすることができるのだった。

当時の農村への出動要請の記録が、現在も残っているという。現在、母校の後身である高校の野口博芳先生が、その記録を発見されたとのことで、いずれは拝見したいものだと思っている。しかしその他、多くの記録は終戦時、焼却されてしまったらしい。

私の家は祖父の代まで小地主で田畑はあったが、多くは人まかせだった。父は不在地主となってしまった。だから私も、田圃に入ったことはなかった。それがこの女学校時代に、田植え、田の草取り、麦刈り、麦踏みなどを体験した。

膝まで泥水につかって、ヒルに何匹もくいつかれたり、蛇に出くわしたりした。吸いついたヒルを指で強引に引っぱると、泥の脛にドッと血が流れた。それが恐ろしくて、泥田の中では足踏みをしていた。

牛の鼻取りといって、スキを引く牛の鼻づらの先につけた竹竿を引いてリードしたこともある。機械力は皆無の時代だった。人々は、牛馬とともに人力のみで米づくりに営々と働いていた時代だった。

作業は多様だった。薄日しかささない冬の校庭に莚を敷きつめ、全校生徒がさつまいもの切り干しづくりをしたことも印象深い。さつまいもの皮をむき、千切りにし、すぐ水につけてアクをとり、莚にバラバラと広げて干し上げるのだ。立ちっぱなしの足も、庖丁を使う手も冷たい。干し上がった芋は、ご飯と一緒に炊いて米不足を補った。

一日、田圃をまわってイナゴを捕り、翌日学校の大鍋でゆでて佃煮をつくり、昼の給食に食したこともある。イナゴは害虫だし栄養もあるというが、昆虫を形のまま口に入れるのはおぞましかった。おいしかったとは思えない。

ところが、最近あるデパートの佃煮売り場で、チョコレート色に煮上がったイナゴの甘露煮を発見し、それが高値だったのには驚いた。しかし、とても買う気は起きなかった。

一番体力を使った作業は開墾だった。家の南側に小高い鶴舞公園があり、東西に尾根がのびていたが、その北斜面は町の某素封家の持ち山で、町がこれを借り入れて畑づくりに乗り出した。雑木林や杉林は、町民や私たち女学生が連日くり出し、木を伐り倒し、根を掘った。

伐採は大人の仕事で、私たち子どもは一本の木を二、三人でかついで運び出した。各戸に割り当てられた畑の根は、父母とともに掘った。竹の根も張り巡らされていて、山地を畑にするのには骨が折れた。

各家がそれぞれ働いて、自分の畑を切り開いた。しかし、そのお蔭で戦時中も戦後も野菜は買わずに自給自足できた。肥え桶でこやしを運び、追肥もし堆肥もつくった。私もよく母とこやしをかついで、この山の斜面の畑に登ったりした。

この作業は臭くて汚くて、一番いやな仕事だったが、怠けるわけにはいかなかった。この畑は昭和五十二年、母が七十八歳で倒れるまで、わが家の食卓に野菜を供給してくれた。

秘密兵器の製作

昭和十九年になると、三年生の私たちも農繁期の農家に泊まり込みの共同炊事に出た。

私はこの年、六月末と秋の二回出かけている。六～七月にかけては、四年生三人、三年生三人、女教師一人の七名で、山小川地区の〇家に泊まり込んだ。秋は田尾地区の川の畔にある〝行屋《ぎょうや》〟に泊まった。〝行屋〟とは旅僧のための宿だと聞いている。共同炊事班は、各地区に何か所かあったが、全容は私たち生徒にはわからなかった。大てい二週間ぐらい泊まり込んだと思う。

土の大きなかまどが二つつくられて、直径一メートルくらいの大鍋がかけられていた。朝が早くて辛かった。薄暗いうちに起きた。一つの鍋がご飯、もう一つで味噌汁やお菜をつくった。ご飯は薪で炊き、沸騰すると大きな木のしゃもじで手早く上下をかきまぜて平らにならし、火を引いて蒸らすのである。

火勢が強いから、この火を引くタイミングが遅れると、広い鍋底一面のおこげとなって、ご飯の量が不足する。このコツを会得するまで失敗した。しかし、ほどなく三十人くらいの食事の炊き出しはうまくなった。人々はお櫃や鍋をもって来てあるので、人数分を盛り分けて六時ごろには引き渡した。

昼の弁当の分も、朝一緒に渡したと思う。私たちは引き渡しの喧噪がすんでから食事をし、後片づけをし、やっと日中少し体を休める。そして、午後二時ごろからまた夕食の支度に取りかかる。じゃがいもの皮をむいたり、大根を刻んだり、立ちどおしで働き、夕方六時ごろ夕食を引き渡す。

その後片づけ、翌朝の準備、入浴して就床は十時ごろ。疲れと暑さで日中はほとんど昼寝をし、他には何もできなかった。ことに、秋には最上級の四年生が松戸の飛行機工場に動員されてしまい、私たち三年生が最上級となったので、その責任も重く感じていた。それでも、私たちが食事を準備することで農家は料理の手間が省け、その時間を作業に費やして増産に励めると言われ、大かまどの炎の熱さにも、煤の汚れにも耐え、汗だらけで働いていた。

昭和二十年の二月ごろは、私たち三年生は東京湾岸の五井町にできた風船爆弾工場へ動員されていた。昭和五十六年十二月発行の母校の『創立八十周年記念誌』によると、この工場への動員は次のように記されている。

「昭和二十年一月二十七日には、五井の紙革株式会社に三年生が通年動員することになった。二月三日、壮行式。引率は小手先生で風船爆弾用の紙を作った。これは、通勤動員で学校に近いため、紀元節などの学校行事には学校に登校している」

工場は田圃の中の道を歩いて十分か十五分。広々とした枯田の中に埋め立てられた浮き島のような土地に、トタン張りのバラック建てだった。最初の日、工場前の庭に整列した私たちに、監督の軍人が「諸君は軍の秘密兵器を製作するのであるから、家に帰ってもいっさいしゃべってはならない。秘密を洩らす者はスパイとみなして処罰する」という意味の訓辞をした。

〝スパイ〟という語に、私は恐怖を感じた。スパイ＝憲兵＝死刑という連想が、一瞬のうちに脳裡を貫いた。と同時に、新しい秘密兵器をわが手でつくるということに、崇高な名誉心を刺激されていた。

現在、このように述べることは気恥ずかしいことだ。しかし、この戦いを〝聖戦〟と信じていた十四歳の私は、戦争への批判も逡巡も持っていなかったから、いたし方なかったと思う。

トタンづくりの平家の工場の中は土間で、すでに女工たちが働いていた。作業は、一面が畳一じょうほどの金属の四面を持つ長方体にスチームを通して、四面に貼った紙を乾かす構造のものが何台も整然と設置されていた。女工一人と私たち女生徒一人、計二名が一台の担当となった。

まず、畳一じょうほどの和紙を一面に貼る。大きな刷毛で紙の右端を金属面に接着させ、もう一人は紙の左端をピンと引っ張って釣り合いをとるうち、右の一人は手早く上下に刷

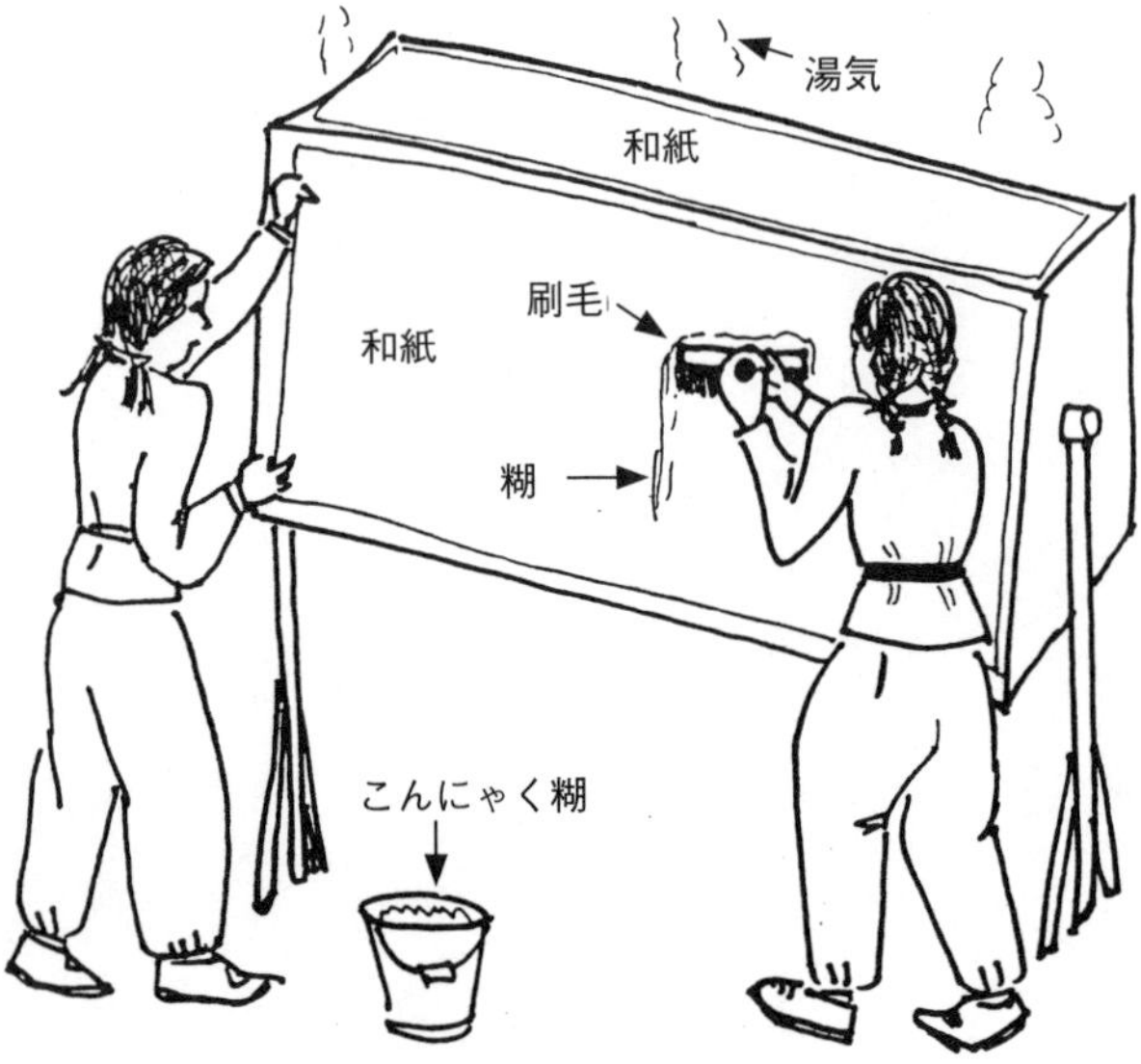

風船爆弾用の紙張り作業

毛を刷いて、全紙を板面に密着させる。糊はこんにゃく糊だが、この場合は薄めもの。長方体をクルクル回しながら四面に貼るうち、最初のものからスチームの熱で乾き始める。

乾くと、今度はボタッとした濃いこんにゃく糊で、両腕に力をこめ、刷毛をm字状に動かして、全面に万遍なく糊を塗るのである。このとき、糊に濃淡ができてはならなかった。そして、また乾かす。三度ほど塗っては乾かした。

次に、薄い糊で小型の和紙を三枚並べてゆく。一枚ずつの重ねしろは五ミリくらいである。その上に、濃いこんにゃく糊で和紙を補強する。最後に大判の一枚和紙を同様に重ね貼りし、濃いこんにゃく糊を塗りつける。

三重に重ね貼りした和紙は、こんにゃく糊の塗布によって繊維間の通気性は遮断され、ピーンとした、紙とは思えぬ金属板のようになる。糊の化粧を施されて、キラキラと白く輝く美しい面を持つようになる。

しかし、この製作過程で、小さなシワや気泡もつくってはならないということは、大変困難な注文であった。やわらかい和紙を貼る場合、薄い糊に濡れた部分は伸びやすい。刷毛を持つ側と、紙を引っ張る側との力のバランスとタイミングが大切だった。何よりも手早くやらなければならない。

紙にはシワが寄りやすいが、大きなシワを濡れた刷毛であちこちに散らし、小さなシワにして紙の周辺に押してゆく。気泡も濡れているうちに中央から外縁に、刷毛で押し出してやる。どうしても外周まで出て来ない気泡は、針で突いて空気を出し、その穴は濃い糊でふさいでしまわなければならない。

こうして乾燥した一枚の紙は、丹念に検査して合・不合を決める。一枚ずつ製作者の名を鉛筆で書いてあるので〝おしゃか（不合格品）〟が出ると怒られた。それが恐ろしかった。工場はスチームを使っていたのに、二月のせいで大変寒かった。土間のほうまでスチームの熱がまわらず、足は冷えきっていた。

こんにゃく糊を入れる木箱は、ときどき水で洗い流さないと糊が固まってしまう。庭の水道の流し水で箱を洗うのは、大てい生徒の役で、これが一番辛い仕事だった。田圃の吹きさらしの冬の風に、手の甲はたちまちヒビだらけにはなったが、冷たいとか疲れるとかは禁句だった。自らも、そんな弱音を吐く気は毛頭なかった。

こうして、私たちが貼り合わせてつくった丈夫な和紙は、次の工程で、やはりどこかの女学生たちの手で何百枚か縫い合わされ、一つの大きな気球に仕立てられる。そして、この紙風船に水素ガスをつめ、爆弾を吊り下げて射ち上げると、成層圏の偏西風に乗ってアメリカ本土に達し、下降して爆発するというのが、風船爆弾の発想だった。

当時は、風船が広い太平洋を越えてアメリカ大陸まで達するということなど、夢にも思わなかった私だが、この作戦を馬鹿げたこととも思わなかった。一、二度、アメリカ大陸の山中で、原因不明の山火事が起きたというニュースが報道され、これがこの風船爆弾の成果だと聞かされたが、それ以上の被害報道には出合わなかった。

成果はゼロに近かったといってよいかもしれない。ただひたすら、小さな気泡も途中で水素ガスが洩れて役に立たないのだと言われ、技術の習得に努めた。

このころになると空襲は昼夜を問わず、ひどくなっていた。米機は御前崎から侵入し、九十九里方面へ抜けるコースが多く、房総上空は東京空襲の帰路に当たった。農山村で軍の施設はまだなかったから、直撃はほとんどなかったが、通勤の途次などは無気味だった。

ことに五井駅から工場までの十五分ぐらいは、冬枯れの田圃の中の道を通る。町もまだ小さく、家並のはずれに神社のある林があるだけで、空襲時にはその林に退避した。しかし、その他は広々とした見通しのいい田園のただ中である。その中の少しの窪みにでも身を伏せるしかない。

伝令として出たときには、町家で聞いた空襲情報を級友の退避場所に知らせに走る。その間は、道端の円筒形に積まれた稲群に寄って身を隠したが、米機の編隊が私自身を目がけて来るようで、稲群の周囲をぐるぐるまわって、米機の目から逃れようとした。ことによったら、そのように動くことは危険なのだろうが、そのときはどうしてもそうせずにいられなかった。

この年の二月は大雪が降り、わが家から鶴舞駅までの三十分の道のりも恐ろしかった。私たちは紺のオーバーを着ていたので、まっ白い雪景色の中では目立つだろうと思うと、空襲時には本当にいやな気分を味わった。

しかし、この房総もその後、機銃掃射を受けるようになる。あるいは、帰りの米機が身軽になるために爆弾を〝捨てて〟いったり、反対に撃墜されてパラシュートで降りた米兵が捕虜になって連行されたり、その米兵を虐殺した日本軍人が、戦後戦犯として処刑されたり、やはりさまざまの悲惨な事件を巻き起こしてしまうのであった。

通勤も登校も、私たちは綿入れの防空頭巾を肩から下げ、空襲にはそれをかぶった。大方は古い着物の布で、裁縫の時間に自分たちでつくった。現在、学童の持っている防災頭巾とほぼ同型だが、背の部分に扇形のマチの入ったもので、肩と背を保護することができ、マスクのついたものもあった。

爆弾の破片から身を守るためである。もう一つ、手製の救急袋も肩から下げていた。赤チンや三角巾や簡単な医療品を入れていた。救急袋と頭巾を左右の肩から交叉させてかけていた。

服装はもちろん、もんぺに運動靴、黒っぽい防空服で、もうセーラーもヘチマ衿も制服は見えなくなり、少女時代のおしゃれの感覚など皆無といってよかった。なりふりかまわずという感じになっていた。

三月十日の東京大空襲は、私の家の庭からも凄まじさはうかがい知れた。北西方向の夜空はまっ赤に染まり、サーチライトが夜空をうろつくように手探りし、たまたま交叉した光の中から、ちょうど蚊が飛び立つように米機がパーッと散るのが見えた。

空中戦はもうなかったのか、地上からの砲火も届かない感じで、一方的に思うさま蹂躙された感じだった。もどかしい、腹立たしい、ああハラワタが煮え返る、という気持ちだが、どうすることもできない。

空襲後の朝は空もどんよりとし、父母は関東大震災のあとのようだと話し合った。

やがて四月、四年生になった。風船爆弾工場を何日にやめたか、なぜやめたか、はっきりしないのだが、四年生となった春、北海道から、護北兵団が南下してきて女学校に司令部をおくことになり、私たちは司令部付の軍属として配属された。

再び『創立八十周年記念誌』による。

「第百四十七師団司令部（護北二二四五二、人員二四二、馬二匹）が本校に置かれることになった。当時の寄宿は、菊七名、藤六名、計十三名で二十年五月二十三日寄宿舎を小松本旅館に移転し、荷物移動を完了、と『舎監日誌』に記されてあるので、軍隊が来たのは、このころである。

この師団は、北海道旭川から米軍の九十九里浜上陸に備えて、急に千葉県に配置されたのであり、師団長は石川浩三郎中将、参謀長に小林茂本大佐、そして参謀に平野、桂の両少佐がおられた。

四年生は、全員軍属として動員され、軍隊の手伝いにあたり、また縫製班は、軍服のつくろいをした。三年生以下は、学校軍需工場とでもいおうか、教室で女生徒に向く軍の布地を縫う仕事をした。空襲となると、竹やぶや、山に避難しても縫い続け、生産に励んだ」

玉音放送の衝撃

私は副官室に配属された。元は図書室と呼ばれていた玄関脇の小部屋である。ドアから入ると、正面の窓を背にして高級副官・千葉少佐、右側に豊嶋中尉、次いで岩瀬少尉。左側の壁向きに、林ツヤ子（師団長付）、伊藤蕙（参謀長付）と高級副官付の私の三人が並んだ。後に、小林参謀長の次女・英美子さんも疎開してきて同室となった。

室の配置と各部の名称・級友全体の配属名が、今となっては明確にならないが、昨年夏、級友からのアンケートをとっての回答によると、そのいくつかは明らかとなる。各部の仕事内容など、あらましの感想は後述する。また、配置図も可能な限り図にしてみたが、なお不明の部分は多いので、ご記憶の方はぜひお教えいただきたいと思う（注・感想や図は省く）。

さて、副官室での私の仕事は、掃除、お茶汲み、受付などで、仕事としてはきわめて楽だった。お茶汲みは、林、伊藤、鳥海の分担がハッキリ分かれていた。私は師団長室や参謀長室に入ったことはない。今でいうOLの勤務と同じようなものだった。

田舎者の女の子にとって、突然のOL生活はまた不調法も多かった。初めて電話が引かれて、受話器をとっても耳が馴れていないので聞きとれない。初めは耳がこそばゆいようで、ついおかしくなって笑ってしまい、用をなさない。

岩瀬少尉に一喝されてハッとわれに返り、この戦時中に何たる不謹慎か、自分は今、軍属として軍隊の中にいるのだ、と自覚した。玄関の正面廊下に机を出し、二名ずつ交代で来客の受付に座ることもあったが、ひまなときはその机でおしゃべりしたり、読書などもした。

電話というカルチュア・ショックで、電話ノイローゼになりかかったが、やがて生活も馴れてくると、むしろ平穏な日といってもよかった。女ばかりだった女学校に男ばかりの軍隊が駐屯するのは、これまた生活革命に等しかった。生徒たちにとっても、それは一つの青春時代であったかもしれない。しかし、晩生だった私自身は恋愛めいた感情を抱くほどに成長していなかった。

ある日、高級副官が「お前ら、ちょっと外へ出ておれ」と、女生徒たちに命じた。私たちが廊下に出ていると、室内では内容は不明だが猛烈な叱声が飛んで、ビンタの音がした。それまで比較的平穏な日々だったので、私は廊下でふるえ上がってしまった。

原因は何なのか、怒られているのは下士官か兵か、恐ろしさと気の毒さで、彼らが出て来ても顔も見られなかった。自分は今、軍隊の中にいるのだと、このときも強く思った。女学校という女社会、学生という子ども社会にはない厳しさを感じた。

当番兵が、井戸端で泣きながら師団長の長靴を磨いているのに出くわしたり、私が高級副官のハンカチを洗濯して干しっ放しにし、盗まれたらどうする？　と当番兵に叱られたりして、人を疑うことを知らない田舎者の私にはドキドキすることもあったが、司令部の内部にいる間、あまり緊迫感は感じることなく過ごしていた。

ここでも空襲のたびに学校裏の森に退避する毎日であり、その場合は軍人たちと別行動で、生徒は学校の秩序に従ったように思う。私と級友の一人は、ご真影の桐の箱を防空壕に移す係になったこともあり、白布の大きな包みを両腕にかかえて木立の下の壕に走り込む間に、機銃に狙われないか恐ろしかった。森の級友たちが機銃掃射を受けたのはこのころのことだ。

町では兵たちによって、公園と日枝神社の森の下に大きな地下壕が掘り進められていた。兵たちはモッコを背負って、アリのように地下から土を運び出す毎日だった。司令部勤務の私たちは、その現場は見られなかったが、土まみれでワラジばきの兵の姿は、朝夕見かけていた。革の軍靴は本土決戦のときまで大事にとっておくのだと言うが、半裸にワラジばきの兵の姿は、少々頼りなげに感じられた。

しかし、私は、その壕の規模も用途も、また、この兵団の駐屯範囲も知らなかった。自分の置かれた状況は何一つつかめていず、ただ副官室界隈しか視野に入っていなかった。そのころ銀行員だった父は、ゲートルを巻いて毎日出勤していたが、母のほうは町内会の人たちと松根油をとりに行ったりしていたらしい。

姉は師団長宅に手伝いに出ていて、いわばこれも軍への徴用ということだったろう。町の若い女性たちも、それぞれ軍隊内に賄い婦や事務員として徴用されていた。明日どうなるかということなど考えていず、その日その日の生活に追われるだけだった。

級友との接触も少なくなっていた。理科実験室にミシンを並べた縫工班の存在は印象に残っているが、女学校から十五分ほど離れた小学校（当時は国民学校といった）に勤め先の部があったという級友もいるし、どの程度の範囲に級友が存在したのかも、ほとんど不明のまま日はすぎた。

そして、その軍隊生活の終局に、突然八月十五日の終戦が来るのである。

この日の玉音放送は忘れることができない。重大放送が正午にあるという予告ニュースは、前日しばしば流されていた。

十五日、よく晴れた夏の日はギラギラ輝き、木立の多い校舎は蝉の声に包まれていた。玄関の脇の宿直室という小部屋にラジオがあり、報道部ということで、やせ形の切山報道班員と太った林報道班員が大てい詰めていた。空襲のニュースはこのラジオから聞き、廊下のサイレンを鳴らした。

だから十五日も、このラジオの周囲に人々が集まって重大放送を待った。副官室の私も開け放った報道部の窓の外の廊下に立ち、人々の後ろから耳をそばだてていた。

やがて時刻が来て、生まれて初めて聞く天皇の、少し調子のおかしいお言葉が始まった。しかし、それは雑音にさえぎられて、私には意味が取れなかった。語り始めるまで、重大放送というのは天皇が「いよいよ本土決戦のときが来たから、各員一そう奮励努力せよ」という励ましのお言葉だろうと思っていたから、放送が終わると誰言うとなく「戦争は終わった」「敗けたんだ」という言葉は信じられなかった。

思ってもみなかった事態が到来したのだ。もちろん巷では、戦争はどうも敗けているらしい、あちこちの島は玉砕して、米軍はいよいよこの九十九里沖にまで近づき、今にも上陸寸前にまで至っている、ということは流布していた。

「壁に耳あり、障子に目あり」といって、スパイの耳を恐れたのは戦争初期のことで、末期の二十年になると、言わず語らずのうちに敗戦ということは浸透していたようなのだが、しかし私は、どうしても敗戦が現実のものとは思われなかった。そんなバカな……という思いで、涙がドッとあふれ出た。

ふと気づくと、周囲の軍人も女生徒も皆泣いていた。そして、窓外の真赤な花をつけたザクロの木や、さるすべりの木や、葉桜の木蔭には、直立した若い将校や兵たちが、これも拳を顔に当てて号泣しているのだった。ああ、男泣きとはこういう姿なのだと思った。この光景は一生忘れることなく、私の脳裡に焼きついている。

しかし、その日、そのシーンのあとの記憶は欠落している。生徒だけ集められて担任の話があったというが、覚えていない。翌日はどうしたのか、その翌日は？　私は放心状態だったのだろうか。しかし、私の心の中には「まだ戦わねば！」という熱い思いが煮えたっていた。「まだこうして軍隊もある、私も、私の周囲の人々も生きている。最後の一人になるまで戦わねば！」と思いつめて数日を過ごした。敗戦を納得するまでに四、五日はかかってしまった。

ところで、この護北兵団の移駐と規模について、昨年やっと関係者に聞いてみると、当時の私が考えてもみないほどの規模だったとわかった。当時、この護北兵団の一員として千葉県で終戦を迎えた森井之清氏（現・旭川市在住）の『第百四十七師団（護北兵団）概史』には、この兵団の北海道での編成から房総進出、展開、終戦に至る経緯が、豊富な資料の下に述べられている。

それによると、兵団編成の下命は昭和二十年二月二十八日。全国で百五十万人の大動員を行なって、本土防衛師団を急造したものだといわれる。そのうち「護」字のつく師団だけでも十六個師団造られたが、護北兵団はその第一号であったという。

三月ごろ、ビルマ戦線から野戦の経験豊かな小林茂本氏が呼び戻され、急遽房総を視察して歩いた。「鶴舞に司令部を置くことを定めたのは私だ」と、氏自ら語っているが、平坦な水田の多い房総半島の中央部に位置し、城下町でもあった鶴舞は、周辺の村や町より高台だった点が、要害の地と見られたのだった。

こうして兵団の移動は、四月から編成もそこそこに三次にわたって行なわれた。第一次の編成完結が四月七日になっているので、私たちの女学校は八日の始業式から兵団司令部として接収されたのかもしれない。

そして、護北兵団の防衛範囲は北は誉田、土気、大網、茂原を経て九十九里に至る線であり、南は木更津、久留里から小湊に抜ける線の内側という広範囲な地域であった。房総はこのように、北から「護沢」兵団（銚子地区）、「利根」兵団（八日市場地区）、「範」兵団（成東地区）、「護北」兵団（大網以南）、「東京湾」兵団（房総南端部）、「徹」兵団（千葉東方地区）という布陣で、首都防衛に背水の陣を敷こうとした。

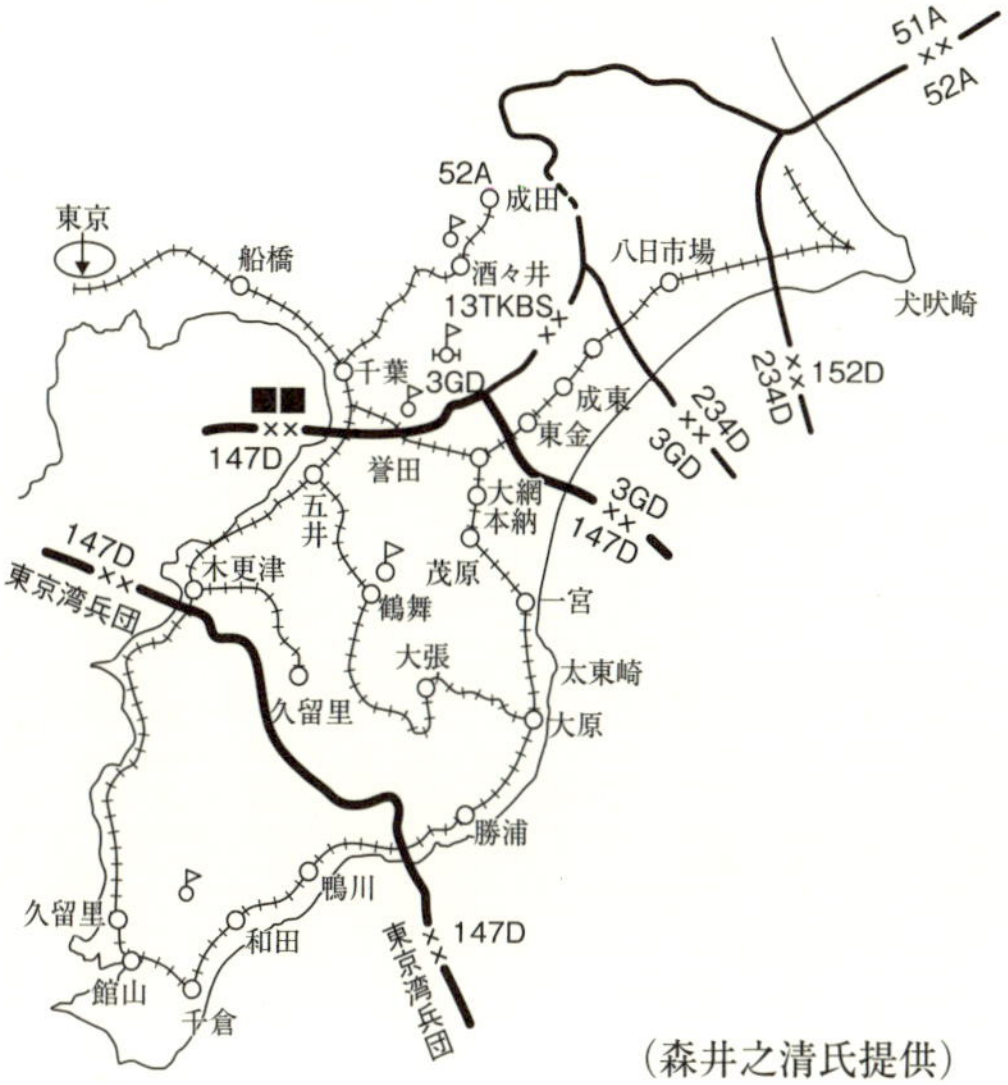

（森井之清氏提供）

これら兵団の総司令部は酒々井《しすい》にあったという。

しかし、これら軍隊の編成については複雑で、私たち民間の者には混乱のもととなるので、多くは述べないこととする。とにかく護北兵団は、石川浩三郎中将を師団長とし、参謀長・小林茂本大佐、参謀・桂鎮雄少佐、平野参謀、二十代の若い将校、見習士官、幹部候補生、下士官たち、兵たちが、鶴舞の町を中心に、山地や太平洋沿岸に築城を始めつつあった。

小林氏の回想によれば、米軍が九十

九里浜に上陸すれば、まともに対抗しても勝ち目は薄いので、一応房総を通過させ、東京に入った背後をゲリラ的に攻撃する作戦だったという。日本は〝汀作戦〟を考えていたが、太平洋の汀では、とうてい食い止められないと考えていたわけだ。

掘りつつあった地下壕も未完成のまま終戦となったが、もし完成していたとしても、沖縄の、あの火焔放射器などの凄まじさをみると、護北兵団も私たち民間人も一たまりもなかったろうと思われる。

もし、あの時点で米軍が上陸していたら——私たちは沖縄の〝ひめゆり部隊〟の少女と同じく、軍隊とともに血みどろになってこの地をあちこちと転戦し、敗走し、とうてい生をまっとうすることはできなかったであろう。

もし生き長らえても、十五歳の私たちは親子、兄弟、学友もちりぢりとなり、ついには軍隊の足手まといにならないようにと、自決の運命にあったかもしれなかったのだと思うと、全身総毛立つような恐怖と嫌悪感を今は覚えるのである。

敗戦によって、私たちはかろうじて助かった。ほとんど無傷のままの女学生として、翌年三月に卒業した。級友がこの戦争で命を落としたということもない。玉砕も被爆体験もない。しかし、沖縄玉砕のときに自決した大田少将の一族である友は、そのことについては語りたくないという。

今なお深い傷跡を、心の中に秘めているのだ。戦争は、私たち田舎の子どもたちにも数々の痛手を与えている。戦争で、無傷ということはあり得ないのである。

戦後の短い学校生活で、それまでの教科書を墨で塗りつぶしたとき、これまでの教育が全部間違いだったと教えられたとき、私は十五年の過去を全部捨て去ろうとした。死ぬ気だった私がやっと立ち直ったとき、私はその思いで未来のみを生きようと決心したのだった。しかし、歴史も人生も、未来は過去からの継続であり、過去は未来の教訓であることが、今ごろになってやっとわかった。

過去をまったく闇にほうむり、無としてしまうことはできないし、してはならないことなのである。そして、現在もやがては過去となるとき、現在の私たちの行為は、未来にどんな教訓や反省をもたらすのか、それが大事だと考えるのである。

私たちは、当時の親たちの歩んだ轍を踏まないよう、しっかりと過去を見据えなければならない時に来ている。六月にはニューヨークで国連の軍縮会議が開かれ、反核・軍縮の大きなうねりが地球の各国に広がっていた。

「核の抑止力」という考えほど危険なものはない。持たなければ使うことはないが、持っていれば優位に立つために使う場合もあるだろうから。人間、個人個人はどんなに善良な人でも、国家という巨大な生き物はいつどんなふうに横暴になるかもしれないのだ。

戦争は、小さな火種からアッという間に燃え広がる。英ア紛争を見ていても、よくわかる。私にいわせるなら「核の抑止力」こそ幻想だと言わざるを得ない。非核三原則を〝実践〟すること。〝宣言〟だけでは地球人として責任を果たしていないと言いたい。

今、管理体制のきびしい学校で、こうした政治的な問題を語り合う教師を、もし偏向ということで締めつけるムードがあるなら、私たち親の世代が、個人個人で子や孫と語り合わなければならない。

次の世代に過去を示すことが、私たちの世代に課せられた任務だと考える。この熱い思いを、わかっていただけるといいのだが……と思う。

あのことも、このことも、書き足りない思いはするのだが、ひとまずここで筆を止める。

（「私の戦争体験記」から一九八二・九・十五。一九九〇・五・八〜五・十九、千葉日報に『幻の本土決戦』として一部が連載された）

春の野の中で

四月半ば、数日を山村で過ごした。もう葉桜の時期だったが、小高い公園の東屋から眺めると、新緑の連山が折り重なって見渡せた。「畳はる青垣山」には少し早く、山は点々と白緑色の刷毛で叩いたように新芽をふいており、ところどころに黒々と屹立する杉の木立や、紅葉かと思われる赤紫色の葉が混っていた。

秋ならば錦秋というが、春の山は淡緑色で錦というより紗の感じで、私はこの季節が大そう好きなのである。新芽といい、新緑といっても、木たちは一本一本、わずかずつ色が異なっている。遠目にもそれはハッキリわかる。

一本の葉桜をはさんで、白っぽい花が咲いたと思われる大木が二本あったが、それも花ではなく新芽をふいた木だった。近づくと、芽たちは白いうぶ毛におおわれたように見え、ビロードのようでもあった。

台地の芝原には、期待もしていなかったワラビが出ていて、片手に握れるほどの一束を摘むこともできた。

幼時、蕗のとうやワラビを摘みに行った思い出が急に甦り、四季おりおりの野遊びの楽しさが味わえなくなった今の都会生活を侘しく思った。

庭もない狭い建売りの家に住み、路地も舗装されていて、四季の花を見ることもできない暮らしをしている。花屋の店先を通りかかると、無性に花の鉢が欲しくなり、三色すみれやマリーゴールドの鉢を並べてみるが、土に生えているのと違って、鉢の花は枯れやすい。枯れた鉢ほど汚らしいものはないから、後始末にも骨が折れる。

これが自然に庭に生えた草木なら、枯れた場合にも風情があるのに、といつも思う。窓とU字溝の間の、ほんの少しの地面に埋めておいた鈴蘭、スノードロップ、ヒヤシンスなどの球根は、毎年、忘れずに花をつけてくれる。鉢から移したアザレアと沈丁花も勢いはいい。それは土というもののありがたさを感じさせてくれる。

小さな鉢では、一シーズンで枯れてしまう花々が、土に移されたため生きのびて、年々花を咲かせてくれる。土が花々を生かし、養ってくれるのである。

花の季節の前の早春、枯れ枝かと思われた裸の枝々に、点々とふき出た小さな新芽を発見した驚き。庭の片隅に土から突き出た草花の芽。微妙な四季の移ろいを日々感じつつ生きていた田舎育ちの私には、とくにこの感覚は忘れがたい。

それが人の手によってつくられた自然であれ、木や草や花や、流れや石や野の生きものたちや……それがないと私には生きられない。とすれば、私も野の草の一種かもしれないと、自らを思うのである。

（光芒通信　一九七五・六）

ふるさとの夢・病む心を癒す緑の国として

私の生まれた故郷は、市原市鶴舞という小さな田舎町である。昔は桐の木台と称した山地だったから、桐の木が多かったのだろうか。明治初年に、浜松から井上河内守が移封され、初めて伐り拓かれた城下町だったが、四年には早くも廃藩置県となり、井上侯も東京に去ったため、城も町も未完成だったと聞く。

しかし、浜松から殿様とともに移り住んだ旧士族のうちの下級武士や町人たちによって、小さな寂れた町が残されていた。

町は、千葉から一時間に一本ほどのバスで約一時間半。ＪＲなら五井で単線の私鉄・小湊鉄道に乗りかえて一時間、さらに徒歩で三十分、山の坂道を上らないと辿り着けない高台にある。

この交通事情は今も変わらない。高台で涼しいから「房総の軽井沢」とも、不便な田舎だから「房総のチベット」とも言われてきた。しかし私は、戦前のこの静かで緑の多い町が好きだった。

ところで、町には四つの売り物がある。

第一は一目千本という桜。小高い鶴舞公園の全山と町のメインストリートの桜並木で、戦前から千葉県下では桜の名所として有名だった。

年々の花まつりには、おどろおどろしい見世物小屋や演芸小屋が公園内に建ち、出店の列、物売りの声、レコード、車座の酒もり、よっぱらいの騒ぎから、子らの稚児行列まで、町をあげての大賑わい。近郷近在からも人々が押し寄せて、浮き立つ春の祭りだった。

第二には、戦後の列島改造の余波が及んで、私の生まれた高台地区ではなく、低地の田園や森林地区をつぶしてつくったゴルフ場の誕生である。たしか「鶴舞カントリー」と称しているはずだ。それは私が故郷を捨てて都市に出て来てしまった後の話だからよくは知らないが、昔はリヤカーぐらいしか通れなかった道も、そのために広く立派になり、レストランなども建っているという。

私の遠縁の者も、今や農業は機械化によって〝日曜農業〟となり、小さなレストランをつくって働き、持ち山に小さなホテルを建てるに至ったと聞く。どこにでもある開発のパターンである。

第三には、私の町はずれの共同墓地の近くだが、ここも山を伐り拓いて「鶴舞青年の家」ができている。十数年前、一人暮らしの老母を見舞いに帰省したとき、紺のトレパン姿の女生徒が二、三十人、鶴舞公園の尾根を歩いていたのを見た。高校生かと思ったら、どこかの看護学校の生徒たちが研修に来ていたと聞いた。

第四に、小学校の近くに千葉県立の循環器系の病院「鶴舞病院」がある。それも一つの開発の型かもしれない。


さて、こうして戦前・戦後を通じて開発の推移を眺めてみると、この地区の都市化の速度はそれほど速くないことをありがたく思う。

たとえば、観光地や避暑地としてホテルやバンガローが建ち並び、都会の風俗がどっと流れ込むとどうなるか。あるいは、もう少し交通が便利だと山も畑もすぐ分譲住宅地化して、緑のないコンクリートの町と変わるだろう。それは堪えられない気がするのだ。なるべく緑豊かな環境を残した開発をしてもらいたいという願いが強い。

その意味でいえば、「青年の家」的な施設はよかったと思う。この町は過疎というほどではないが、都会のストレスに病む子どもたちを癒す緑の国。山村留学のような制度か施設を一つくらいはつくってもよいだろう。

死後、疎開して住んだ自分の家を、老人の保養所として残そうとした老婦人がいた。竹中繁氏という方で、朝日新聞の女性記者として草分け的存在だった。市川房枝氏と親しく、女性解放運動で同志だった老婦人たちが、ときどき泊まっていって喜んだという。九十二歳で亡くなったが、私の少女時代の英語の師でもあった。竹中氏も市川氏も亡き今、あの家はどうなったか。夢は実現していない。

私は山をつぶして大きな建物をつくることに反対である。また、町並や建物を都市なみに変えることにも反対である。老人の保養所にしても、都会の子どものための体験留学にしても、施設は緑の中に建つ普通の家という小規模のものにしてもらいたいのだ。

まだこの町に住んでいたとき、夏の午後、風もないのに庭の南天の枝が一部分ゆれ続けていて、どのような神の手が触れているかと不思議に思ったことがあった。目をこらすと、紅色の斑紋のある細い紐がゆるやかに動いていて、それは小さな美しい蛇だった。私はそのとき「あ、彼も生きているんだな。散歩を楽しんでいるな」と感じ、決してうとましくは思わなかった。

私たち人間も、彼ら小動物もともに棲んでいる。この感覚を残したままの開発なら、いいのだと思っている。

（ふるさと紀行　一九八八・秋）

兄貴の国・韓国

あれは夏前、そして今はもう秋。この文を書くにはいささか間があきすぎた。

六月、上野の国立博物館で「韓国美術五千年展」を見、感激して帰宅した直後、人に会うと「すばらしいわ。とにかく一度、ぜひ見てらっしゃい」とすすめていた。電話の相手にも、ひとこと、そう言わずにはいられなかった。

アメリカよりも遠くなってしまった隣国――そう思っていた韓国が、一気に私の血肉にまで入り込んできた。その不思議な懐かしみの感情は、日を経た今も強く私の中に居すわっていてくれる。

だから、やはり何か書きとめておこうと思うのだ。

この美術展は前評判も高かったし、もちろん私の期待も大きかった。期待のしすぎというものは、おおむね裏切られることが多いのだ。しかし今回だけは、十分に心を満たされて帰ってきた。そこには何とたくさん、私が幼少のころから身辺で見馴れ、われわれ日本人が愛好してきた品々が並んでいたことだろう。

たとえば、弥勒菩薩半跏思惟像がある。青磁や白磁の壺がある。水墨の山水画があり、子ども時代に絵で見た〝朝鮮王〟の金冠の実物が目の前にあった。

それらは、まさしく韓国の美術名品である。それなら、これらによく似た日本に伝わる古美術品を愛でてきたわれわれ日本人の〝日本的美意識〟とは、いったい何だったのだろう。〝韓国的美意識〟とは、どう違うのだろう、と私は思った。

その夜、家に帰るとすぐ『日本百科大事典』（小学館版）の別冊、『日本の美術』を開いて見た。奈良中宮寺の〝半跏思惟像〟は光背を背負い、稚児まげのような二つの丸いまげが頭頂にのっていて、これは韓国のソレとは少し異なった。その写真の隣に広隆寺のものが二点出ていて、そのうちの一点が、頭部の宝冠の形など、韓国のものとソックリなのだ。

「あ、これだ！」と思った。

両者を比べてみると、お顔は韓国のもののほうが、ふっくらと丸顔で、眉毛は如来像のように円くやさしく弧を描いており、半眼の目は幾分吊り上がっている。口元は笑みを含んで、いわゆるアルカイックな笑みといわれる形である。

一方、広隆寺のものは幾分面長で、眉毛も多少吊り上がり、写実味が加わっている。口元の笑みは控えめで、思索三昧にふけっている感じが強く表現されている。

そして、総体的な印象は、韓国のものが少年の若々しい表情、広隆寺のはやや年長の青年の落ち着きを表現しているように思われた。しかし、この二つの像は瓜二つといっていいほどよく似ており、まさしく同時代性（ともに七世紀前半の作と言われる）、同様式、美意識の同一性を感じさせられる。

それもそのはず、同書の解説によれば「秦河勝《はたのかわかつ》が聖徳太子から賜わった朝鮮伝来の仏像と伝えられている」ということで、無知なる私が広隆寺の仏像を日本製と誤認していたに過ぎないのだった。

しかし、それもまた断定できないことだった。「五千年展」の最中、これに関わるおびただしい企画が新聞紙上に表われ、その中には「広隆寺のものは日本的なものだが、日本人でもあれは韓国のものだというし、韓国でもあれは日本だという人がいるかと思うと、いやあれは韓国から持っていったものだと分かれる」（町田甲一氏・名大教授・日本美術史＝朝日新聞七月一日の座談会＝発言）という説も紹介されていた。

広隆寺のソレが韓国人の作か、あるいは韓国人に学んだ日本人の作かは、私にはわからないが、日ごろ見なれていた日本古美術が、日本独自のものではなく、韓国美術とこれほど相似していることは大きな驚きだった。

そう見てくると、思いなしかこの像も、また前後に並んでいる仏像も、お顔が韓国人の面立ちに似ているような気がする。いわゆる「百済観音」と呼ばれる飛鳥仏は、「日本でつくられた」と書かれているのに、私には韓国人の顔に思われた。細面、面長で、少し淋しそうな、現代韓国人の顔に——。

その夜は一晩中、この『日本の美術』と「五千年展」の分厚いパンフレットを比べながら余韻を楽しんだ。すると、日本の古墳の出土品の中から幾点か「五千年展」出品のものと同じ写真を発見して、また驚いた。

たとえば、韓国の伝慶尚北道・高霊から出土した「竜文透刻金銅装鞍金具」というのが、大阪府羽曳野市の丸山古墳から出土した「金銅透彫鞍金具」とそっくりなのである。つまり、馬の鞍の後ろの金具なのだが、「竜を唐草文状に配した透彫文」(『日本の美術』)が、これはもう同一の鞍といっていいほど同じ文様であった。

丸山古墳は応神天皇の陪塚《ばいちょう》と言われている。これも韓国からの献上品だったのだろうか。それとも模写した日本製なのか。ともに五世紀ごろの作と言われている。

さらに金冠にも驚嘆したが、金製の大きな耳飾りも、韓国のものより多少装飾が簡略化しているが、熊本県和水町《なごみまち》(旧菊水町)の船山古墳の出土品として写真がのっていたり、たくさんの勾玉が出品されていたり、というように、日本と韓国の古代文化は潮のように流れていたことが如実に感じられた。

私の父は若いころから骨董好きで、水墨画の掛軸や小さな壺や仏像などを集めていた。安サラリーマンだったからいずれも駄物で、もちろん、〝李朝の壺〟などはひとつもない。ああ、この展覧会に父を連れて行き、実物の李朝の青磁を見せたら、どんなに喜んだことだろう。

一三九二年、李成桂が高麗王朝を倒して李朝を樹ててから、長期安定が続き「文化は全面的に開花した」（『日本百科大事典』）という。青磁や白磁は中国で五、六世紀ごろに創始され、韓国では李朝の前の高麗時代の十世紀ごろから盛んにつくられていたというが、白い鶴の舞う青磁の壺「青磁象嵌雲鶴文梅瓶」も高麗時代（十二世紀中頃）の作だった。いわゆる李朝の壺ではないが、その沈んで静かな青磁の肌の色といい、丸く張った肩から腰にくびれた流れる線の流麗さといい、全面をおおう白い雲と鶴の象嵌の繊細さや気品といい、思わず両手にかき抱きたくなるほど美しく、たおやかな名品だった。

両手で抱きかかえるといえば、大きな白磁の壺も見あきなかった。十七〜十八世紀の作というので、これこそ李朝の壺である。ただ丸いだけの、白い壺。しかし、ちょっと触ってみたい。お母さんの肌を思わせるような、あたたかい肉質さえ感じさせる大きな豊かな壺だった。

その他数々の青・白磁も、日本人が有田焼、伊万里焼、九谷焼などで親しんできた陶磁の源流なのである。水墨画にしてもそうだ。

私の家は明治時代の古い家を父が買って、大正時代に再建築したものだが、押入れの襖絵などに寒山拾得の墨絵が貼ってある時代物だったり、もうこわれてしまったが、古い屏風に墨絵の雪景色が描かれていたりした。父の収集した掛軸などの他、こうした山水画などを日夜、身近で見なれて成長した私だった。

中国で生まれ、朝鮮半島を通過して、やがて孤島の日本に到達する文化の流れ。それは歴史の授業で学び、熟知しているつもりだったのに、こうして実物を目のあたりに見せられると、この三国に亘る文化の同質性に改めて驚きの目を見張ってしまう。

「不思議な懐かしみの感情」というのが、これなのである。そして、中国が日本にとって多少いかめしい〝父の国〟であるなら、韓国はもっと親しい兄弟——それも一歩先んじている〝兄貴の国〟なんだなぁ、という深い感慨が、私の中に生じてきた。

それは三年前、同じ国立博物館で見た「中華人民共和国出土文物展」と比較しての感想である。この「中国展」も、私は驚嘆すべきことばかりだった。

紀元前二世紀の数々の漆器類、刺繍をした華麗な布地や織物、竹の行李（これも懐かしい日本の入れ物だった）に入った籾、梨、なつめなど、三千年昔の木の実類、どっしりと美しい白磁や焼き物、聖徳太子そっくりの太子が何十人も居並ぶ「懿徳《いとく》太子墓」の壁画（唐時代のもの）、越王勾践《こうせん》の用いた銅剣（「天勾践をむなしゅうするなかれ」と小学校時代に歌った、その勾践なのだ）など、日本文化との緊密な結びつきを、そのとき確認して興奮を感じたものだった。

しかしその際、私はまた日本との差も感じとった。発掘作業や保存の良さに対する驚きもある。ふっくら生けるが如きミイラの馬王堆夫人が出現したりする国だ。規模の尨大さは、到底、日本の比ではない。実に雄大、悠長、大陸的である。この大陸的な感想を強く抱かせられた品に、青銅器が多くあった。

何よりも大型であって、蔡侯墓（紀元前五世紀）から出土した銅鼎など、直径五十センチくらいある。頑丈で、どっしりした美しさで、さすが中国の王侯の持てる品という迫力に感じ入った。

宋時代の白磁の壺や水注もそれぞれ、しっかりした落ちつきを表現していたが、そのときはそう感じただけですんでしまった。

ところが今回の「韓国展」を見ると、中国、韓国、日本の美術の特質が、際立って見えてくる。中国ものは大きく、重々しく、線も太い。帝王の風格がある。韓国ものは線が流麗になり、繊細になり、静謐な気品を備えている。ひっそりと何かに耐えている風情もある。そして日本に入ると、温暖な気候に桜の花がパッと花開いたような、やさしいあでやかさを加味してくるように私には思われる。

そこが、私が「中国は父の国」「韓国は兄貴の国」そして「日本は多少やんちゃな末弟の国」と感ずるゆえんなのである。

この美意識の差異は、それぞれの民族性の差とも言える。その民族性はまた、それぞれの国の風土に深く根ざしたものだと言える。

すると、私は韓国の人々の上に、現代でも〝何かに耐えている〟表情を読みとってきたように改めて思った。寒冷の国である。長い間、侵略と略奪に耐えなければならない歴史を持っていた。騎馬民族が疾駆した中国とは違うのである。暖かい黒潮の中の孤島でのんびりと、したい放題に生きてきた日本とも違うのだ。

自らは他国を侵略する力もなく、厳しい風土の中で静かに耐えながら美を培ってきたのが韓国なのだと思われた。

敗戦後三十年余、韓国は私にとって無縁の存在だった。「朝鮮戦争」「金大中氏事件」「朴大統領夫人の暗殺事件」「金芝河氏事件」、そしてその他の「ＫＣＩＡ事件」などで、日本と韓国の関わりがクローズアップされたとき以外、私個人にとっては相変わらず無縁のままだ。そして、両国の関わりがニュースになるときは、おおむね愉快でないことが多い。

韓国の国家体制が、日本の戦争時と似ていると聞けば、なおいっそう印象は悪くなる。

〝アメリカよりも遠い隣国〟が、日本側の韓国への思惑といえる。しかし、韓国人にとっては、日本人のこの無関心もまた腹立たしいことの一つではないかと思われる。

長い間、あっちこっちからいじめぬかれたうえ、こましゃくれた末弟が自分を兄貴とも認めず無視している。その心情は複雑で、悔しいことも多いだろうし、それだから時には、依固地な態度をとることも多いだろう。現代の韓国人のその心情を、私たち日本人は理解しなければならないと思った。

ところが、無関心派の他になお悪いことに、日本人の中には韓国への軽蔑感を抱いている者がいる。日本の高校生と朝鮮学校の生徒の乱闘事件を耳にすると、私はなぜか腹が立ってくるのだ。ケンカの原因がどちらにあるか私にはわからないが、「日本の少年たちよ、あなたの体の中にも朝鮮半島の人たちの血はまざっているんですよ」と叫びたくなる。

大陸の侵略を受ければ、一族、一郡をあげて日本に亡命・帰化したこの国の人々の血は、私の体にも少しは流れ入っているかもしれないから、どうして彼らを軽蔑し、嫌悪し、憎悪することができよう。

それからまた、古代の北九州地方と韓国（朝鮮南部）の人々は、おそらく国家意識などないまま、潮の流れが引いたり差したりするように、狭い海峡を渡って往来していたに違いないのだ。だから、日本人だの韓国人だのと区別する現代が、偏見に過ぎるようにも思われた。

こうして、この「韓国美術五千年展」は、私の中にさまざまな思いを巻き起こしてくれたのだが、韓国への無関心を大いに反省するとともに、行方不明の兄貴を発見したような懐かしみの情を、これからもずっと忘れてはならないと思うのだった。

（光芒通信　一九七六・十二）

〔追記〕

韓流ドラマが盛んに放映されるようになって、初めて多くの韓国人に接した感がある。韓国が民主化され、経済的にも発展している現在では、かつて私が感じた「何かに耐えている」「少し淋しそうな」表情はもはや見当たらない。私も韓流ドラマのファンである。

（二〇一一・八）

旬と本場を味わいたい

私には食生活への執着はあまりない。たとえば、旅行をするとしても〝グルメの旅〟よりも〝風光の旅〟を選ぶ。しかし時に、旅先で粗末でも私の舌を喜ばせてくれる料理に出合うことがあって、それは至福の時と思われる。

たとえば十余年前、たった十日だがヨーロッパ・ツアーに加わったことがあり、病後の私は長旅に疲れてローマに着いた。夜は自由行動となり、機内食に辟易していた一行は日本料理店に駆けつけたが、市内へ出歩く元気のなかった私は、若い女性たちと四人、ホテルの地下食堂で簡単にすませることにした。

「何にする?」とメニューを見ても読めないから私が、「イタリアに来たんだから、スパゲティ食べない?」と提案して、一同ボンゴレを注文。気のきいた一人が「ロゼ飲もう」と四人で一本。あとフレッシュ・サラダ、デザートにアイスクリームとなった。このスパゲティ・ボンゴレのおいしかったこと!

東京のどこの店でも味わったことのないアサリの強い匂いと、こくのある味わい!

「うまみ」と言おうか。明日から見るだろうイタリアの明るい海辺、港町、賑わう市場や人々、潮の香……と、たしかに自分はイタリアまで来たのだという思いを実感させてくれ、「やっぱり本場モンは違うわねぇ！」と、一同大満足だった。

ボーイさんに「グッド・テイスト」「オイシイ」と口々に言うと、彼らもニコニコして「オイシイ」と何度も反復して、こちらの意は十分に伝わったと思われ、それも旅の楽しさを付加した。ちなみに、日本料理店組は「まずかった」と渋い顔をして戻って来た。豪勢なイタリア料理ではない、たかがスパゲティ。しかし、その土地ならではの材料と料理法にはかなわないと思った。

国内でも、やれ毛ガニ、伊勢エビ、甘エビ……などと名産を追いかける旅はしないが、たまたま高山の旧い町並の一軒に入って食べた幕の内弁当も、強い印象を残してくれた。里芋、ごぼう、人参、こんにゃく等の野菜や山菜の味つけに砂糖っ気がない。醤油か味噌で煮るとか和えてあって、唯一、甘かったのはクルミの甘露煮のみ。

つまり、からいのである。おいしいと飛び上がる気はしない。しかし、サッパリと素朴な醤油煮のこの味は、砂糖がなかった時代、贅沢品として農民たちの口に入らなかった時代、飛騨の山奥という地域の人々の質素な暮らしぶりなどを、じんわりと伝えてくれていた。「ああ、これが飛騨の味なのね」と、同行の友と語り合って、鄙びた飛騨路の旅を強く体感できた。
　現代、食生活には旬と地方色が薄れていて、食の楽しみがあまりない。おいしいものはたくさんあるが、美味が生の歓びに直結してこない。畑で食べた強い臭いのトマトは、もう味わえないのだろうか。もっとも、至福の時はそうそう簡単に出合えるわけがないだろうが……。

（めん　一九八八・十）

石原裕次郎の死

七月十七日、石原裕次郎が亡くなった。

そして七月二十日、『明星』編集長をしたことのあるI氏が、やはり癌で亡くなった。

この二人の死は、私に大きな喪失感をもたらした。裕次郎は私より五歳下、I氏は八歳年上であったが、ともに若すぎる死であった。この二人は同時代人という感じだったから、大袈裟に言うなら「私の青春は終わったのだ！」という感が深かった。

昭和三十一年、裕次郎が日活からデビューした年、私も雑誌記者としてデビューした。裕次郎とは〝同期の桜〟の感がある。

その翌年、今を時めく裕次郎取材のチャンスが巡ってきた。巻頭二色起こし四頁もので、彼のデビュー前の話を、「オレの青春放浪記」として、裕次郎の署名入りで載せることになった。

八月だったと思う。裕次郎に顔のきくグラフ記者やカメラマンと同行して、成城の水の江滝子さんの家へ行った。当時、ターキーの家に下宿していた裕次郎は、派手なアロハシャツにショートパンツ。陽に焼けた長い脛。右手は怪我をして繃帯を巻き、左手で朝食代わりのビールをついでは飲んでいた。悪びれるところなく、ハスキーな声でよくしゃべったし、八重歯の笑顔は可愛らしかった。

このときの記事は「酒、ケンカ、女」というサブタイトルもついて、デビュー前の奔放な生活ぶりを、彼の語り口そのままに書いて出した。I氏の前任、H編集長の要望で、語り口そのまま——というのが条件にされた。

当時、裕次郎は「そんでよオ」「オレがよオ」といった調子の、いわば与太者ふう、チンピラふうの口調でしゃべっていたので、それを痛快としたH編集長は、私の記事を大変喜んで「傑作ですねエ！」を連発して褒め上げてくれた。

しかし、九月末に『明星』が発行されると、もちろん本は売れに売れたが、日活からクレームがついた。

ある夕、日活宣伝部K氏（裕次郎担当）から電話があり、

「ああいう記事を出されては困る。誰が書いたのか？　書いた記者を出せ！」

と、えらい剣幕だったという。幸い私は不在で、先輩の男性記者が出たのだが、私の名は言わなかったらしい。

「宣伝部だけじゃなく、裕ちゃん本人が電話口に出て来ちゃってさア」

と、その記者が私に告げた。編集部では緊急に相談して、取材主任が解決に当たった。こちらは、「裕ちゃん自身がああいう口調でしゃべった」ことと、「以前、他の雑誌（たしか『近代映画』か何か）でも同じスタイルの記事を載せていた」という二点が弁明だったが、日活側では、「その前例があってファンから苦情が出た」ことと、「本人があの口調でしゃべっても、それが活字にされると、どぎつくなってイメージ・ダウンになる」ということだったそうだ。

どういう話し合いになったかは、私は知らないが、取材主任から「当分、日活には行かないほうがいいよ」と言われ、出入り禁止にされてしまったのは残念だった。

今考えると、あの与太口調は、湘南方言と学生口調のないまぜだったかもしれない。ただ、裕次郎が学生時代、不良っぽかったのは事実で、決して品行方正な学生ではなかったろうし、それが彼の新鮮な魅力でもあったわけだ。

そのとき、私は前文にも書いたが「とんでもないやつが出てきた」という感じを大人たちは抱いていた。新流行語「太陽族」は、現在の「新人類」以上に、大人たちには衝撃的だった。

私と裕次郎の接点は、この一度きりに終わった。一年後、取材主任に連れられて日活に行き、宣伝部のK氏に一言あやまる——という行為で、以後日活にも行くようにはなったが、裕次郎はあまりにも偉くなりすぎて、私など会うチャンスもなかった。

その後『明星』を辞めてから、裕次郎映画も見なくなった。映画産業そのものが荒廃し魅力をなくし、私はたまに見る肥った中年の裕次郎など見たくなかった。二十代のキリッと引き締まった裕次郎は眩しかったが、もう何の興味も抱かなくなっていた。

しかし、彼の死に接してみると、あの精悍な裕次郎映画の輝きは、私の青春の輝きでもあったということが実感された。二十代から三十代半ばまで、私も颯爽と仕事をし、生きていたように思い出されるのだった。

実をいうと私の青春は、とうに終わっている。裕次郎は関係ないことなのだ。私は病気がちで、三十歳を過ぎるころから、もう輝きをなくしていた。

しかし、それでもなお、裕次郎の青春が私の青春とその時代を思い出させる。私ばかりでなく、私の年代にとって、裕次郎とはそうした存在だったと思うのである。

（はがき通信　一九八七・九）

杉村春子の死

四月四日、杉村春子が亡くなった。芸術座の三月公演『華岡青洲の妻』の於継を病気降板というニュースを見たとき、九十一歳という高齢を考えて不吉な予感を抱いていた。芸術座では、藤間紫を代役に立てて公演を終了した。藤間の於継を見ておこうと思ったが、行くひまがなかった。

昭和三十年代から五十年代にかけて、私は文学座友の会に入っていたので、アトリエ公演も含めてほとんど全作品を見ている。私が初めて見た『女の一生』は、杉村が五十歳前後だったろうか。

病弱でディレッタントの夫役が宮口精二、その弟、栄二が北村和夫、ぐずの義妹が田代信子、その妹がおきゃんの加藤治子という好配役も含め、十三、四歳から始まる布引けいの杉村の印象は強烈だった。ことに娘時代、互いに淡い恋心を抱き始めていた栄二との、襷を引っぱり合ってはしゃぐシーンの初々しさ、生き生きした娘らしさは、鮮やかな印象として脳裡に刻みつけられた。

その後、何度か『女の一生』を見て、大方の配役は変わったが、杉村だけは昨年、平淑恵に代わるまで主役を通したのだった。

『女の一生』の五百回余を数える公演のとき、産経新聞社発行の『随筆』という雑誌から依頼され、杉村のインタビューに行ったことがある。たしか東横劇場だった。初日前日の舞台稽古中で、慌しい稽古の合間に取材の予約をし、数日後、改めてカメラマンと一緒に楽屋に行った。

驚いたことに個室ではなく、あの大女優が全座員と一緒に大部屋の片隅に陣取っていた。歌舞伎などと違って、そこに新劇の革新性もあったのかもしれない。

夏だった。浴衣姿の杉村は扇子をときどき使いながら、実に気さくに話してくれた。「若いときはソプラノで、年をとったらアルトで話す」演技の秘密。「若いときの演技は難しくないか」と問えば、「若い時代は年をとってから見えてくるものがあるから、かえってやりいい」と答えた。

そして、「毎日毎日、新しい発見がある。演技に終わりがない」とも言った。そのとき、布引けいの十三、四歳の役はもう無理かもしれないから、今度の公演で『女の一生』は最後にしたいと言っていたが、ファンがそれを許さず、最近まで続いて九百回以上となっている。

そのとき、好きな言葉は、やっぱり『女の一生』から「誰が選んでくれたのでもない、自分で選んだ道ですもの。間違いと知ったら自分で間違いでないようにしなくちゃ」というセリフを挙げた。このシーンも印象的だったし、このセリフも芝居を見たときから私の心にとめておこうと思ったセリフだった。

取材がすみ、あいさつをして座を立つと、杉村も立って、取り散らした大部屋の俳優たちの間を縫って沓ぬぎまで私たちを送ってくれた。これには感銘した。

そのころ私は、前述の『随筆』誌で「芸道一代」という芸能人のインタビューを毎月一本連載していたのだが、山田五十鈴は個室でお付きに取り巻かれていたし、杉村ほどの大女優が沓ぬぎまで送ってくれるということはあり得ない気がしていた。

しかももう一つ、掲載誌を送ったあと、旅公演の先から達筆の礼状が届いたことにも驚かされた。初対面の一介の取材記者には礼状など届かない。礼状をくれたのは、杉村と左幸子の二人だけだったように記憶する。

このハガキは大事にとってある。今、私は古家の修理で仮住まいをしていて、このハガキは手元にないが、「とりとめのない話で、さぞおまとめにくかったでしょう」とあったのを、温かいいたわりの言葉として思い出す。

杉村春子は大女優であったばかりでなく、人間として超一流の人物だったということをひしひしと思い、私はどうしても涙をとめることができずにいる。

（参画視かく　一九九七・四・七）

原田選手の祈りと涙

何だか、アッという間に長野オリンピックが終了して、次はパラリンピックが始まっている。体の不自由な方々の競技も感動的ではあるが、私の中にはまだオリンピックの映像のいくつかが残っている。

やはり一番感動したのは、誰でも同様かと思うが、ジャンプ団体戦の原田の祈りと涙だった。私はこれまで原田という選手は、あまり好きになれない選手だった。一発大ジャンプも見せるが、時にはポカをする。万全の信頼がおけない。その上、いつも笑っていて「次、一発、いきますね」なんて、軽い言い方をする。真剣味がない。軽すぎる。

ことに、リレハンメルの団体戦で最終ジャンパーの彼の失敗で金メダルを逃したとき、彼は顔をおおって雪の上に長い間うずくまっていたが、あとの三人が近づいて声をかけたときに上げた彼の顔は、笑っているように見えた。何たる不謹慎！　と感じた者は多かった。彼は「笑ったんじゃない」と言うが、白い歯が笑顔に見えてしまった。

今回も、ノーマルヒルではメダルに届かず、ラージヒルでかろうじて三位に入ったが、失敗は多かった。そして、団体戦でも悪天候というハンデもあったが、一本目は七九・五メートル。K点が一二〇メートルというのだから、まったくひどいじゃないの！　と急速に心が冷えた。

これで今回も金メダルを逃して銀に落ちるか。でも、せめて銅でもいいからメダルを取らせたいものだと思った。

そして二本目。岡部一三七メートルの大ジャンプ、斉藤も一二四メートル。ここで金メダルの夢が甦ってきた。さて原田だが、私の心はちょっと引いている。ここで失敗したら辛いだろうなあ、地獄だなあ、と思うが、あまり期待はしないでおこうと、自分の心のほうを押し鎮めていた。

その原田が一三七メートルの大ジャンプを見せてくれ、アナウンサーは「立て！　立て！　立ってくれ！　立った！」と絶叫していた。

立った。へっぴり腰ながら、最長不倒距離を出した。が、原田に笑顔はない。彼はスタートラインの船木を見上げて、まるで夢遊病者のように、

「アー、フナキー、アー、フナキー」

と、震える声でつぶやくのみだった。

「船木よ、ここまで飛んでくれ！　四年前のオレのような失敗はしてくれるな。船木、頼

むぞ、ここまで飛んでくれ……」

という原田のひたすらな祈りの言葉が、ただ、「フナキー」という一語に凝結していた。

私は、このシーンに一番心を揺り動かされる。何度見てもこのシーンで涙が出る。映像だけではない。雑誌などを見ても、このシーンの記述にくると涙が出る。自分一人だけの失敗で金メダルを逃したリレハンメルから四年間、原田は笑顔でいたが、心中はやはり地獄を見ていたのだと、その辛さが私の心に届いた。

そして船木の一二五メートルのジャンプで、金メダルが現実のものとなったとき、原田は船木と抱き合いながら、涙で言葉にならなかった。

「みんなの、みんなのおかげだヨー。……四人で力を合わせて、金メダルとったの」

とぎれとぎれ。画面に文字を入れないと聞きとれなかった。

地獄と天国――。この人間のドラマの振幅の大きさが、感動の大きさとなって伝わった。

今回のオリンピック、冷静でぶっきらぼうな船木の最後の笑顔もよかったし、小さなスケーター清水宏保も好青年だった。勝者の陰にある敗者、堀井にもドラマはあろう。

しかし、いつも笑顔という仮面をかぶっていた原田の真情がむき出しになった祈りのシーンは、長く私の記憶にも残るだろう。

（参画視かく　一九九八・三・六）

市川房枝生誕百年記念展示会始末記

私たち市川女性問題懇話会は、十一月十一日〜十六日、市川市と共催の形で「市川房枝生誕百年記念展示会」を女性センターで開催した。共催というのは、企画を市に持ち込んだのが懇話会だったからで、お金がないから市川市に持ち込んだわけだが、その折、金は市川市で、品物は市川房枝記念会で無料提供し、人は懇話会が出し、三者共催でどうかという話をした。

ちょうど市川市女性センターが開館一周年記念行事に何をしようかと模索していたところだったので、わりにスムーズに受け入れてもらえて、予算も市議会を通過して、今年三月から企画は本格化し、準備に入っていた。

ところが八月ごろ、ポスター印刷の段階になり、記念会との打ち合わせで「主催は市川市、記念会は共催でよい」ということに決まったあと、市川市では主催も共催も名を出さないと言ってきた。

懇話会のメンバーには「共催」と言って会の名も出すから、と会員をあおって、会員の出勤当番表までつくってもらったわけだが、会の名がどこにも出ないとなると、会員への面目も立たないし、自分はいったい何をやってきたのだろうと、一両日は無力感に襲われて食欲もなくす始末だった。

市川房枝記念会の事務局長、山口みつ子さんに電話し、ポスターには正式にどう書いたらいいかとたずね、そのあとで「市では主催も共催も名は出さないなどと言っていますが」と言ってみると、もちろん、言下に「何かを開催する場合に、主催も共催も名を出さないなんてことはありませんよ」とキッパリ言われたので大いに意を強くし、彼女の言葉に便乗する形で、懇話会の名も出してくれるよう女性センターの館長に迫った。

結局「共催」と出してもいいという話になったが、他の女性団体がクレームをつけたら困るというので「協力」という形に落ち着き、ポスターと立て看板には懇話会の名を入れることに成功した。

そのころ、市内の百三十ほどある他の女性団体（趣味、消費生活、教育、福祉など）が、十四日、十五日にバザーを開いて客集めに協力すると言ってきた。

そのことはありがたいと思ったが、他の行事が大々的に入って「市川房枝展」が霞んでしまわないかという懸念もあった。しかし、協力すると言うのを断ることもないので、そのまま受け入れておいた。そして結果的にはプラスもあり、マイナスもあったということだった。

何しろ百三十もある団体（女性の集い）なので、そちらの企画がどんどんふくらんで、下部組織である私たちの懇話会には太刀打ちできない部分もある。その中で、一つのトラブルが生じた。

懇話会では十四日午後、市川房枝氏の映画「八十七歳の青春」の上映を企画した。すると「集い」のほうで、映画のあとの話し合いを受け持つと言ってきた。このとき、私がこれを拒否すればよかったのだが、ついOKしてしまった。これが面倒な話となった。チラシなどにいちいち両者の名を入れなければならない。

十一月一日号の市の広報に載せるべく原稿を提出したのだが、懇話会と集いと女性センターから、三本同じ原稿が出たので一本化してくれ、と市の広報公聴課から言ってきたので、これももちろんOKしたところ、その広報には「女性の集い」の広告記事の中に「映画とトーク」と、小さな小さな字が出ただけで、映画の題名も載っていないのだ。これでは何の映画かわからない。

あとの祭りとは承知しているが、広報公聴課へ行って「これではラブ映画か何かわからないじゃありませんか」と、文句を言ってやった。市川房枝展の目玉だったのに、広報の担当者には記事の大小、その価値がわかっていないのだった。

あわてて、また映画のチラシなどつくって配ったが、映画は宣伝不足だったようで、定員百二十名のホールに百名弱しか集まらず、もったいない話だった。

市川房枝展に〝女性の集い〟がバザーを開いて人集めをしてくれることになったのはありがたいが、この会員はオバサン連中ばかりだから、私はもっと若い女性たちを捉えたいと思った。市川市内の女子高生や女子大生は来てくれないものか。彼女たちの世代は、今や「市川房枝」を知らないのだ。

五月に東京池袋で開いたときに、私は一日受付にいた。おそらく立教大学の学生と思われる青年が四、五人来て展示室に入りかけ、また受付に戻って来て、

「この人、何をやった人ですか?」

と、聞いてきた。私は「アラッ」と一瞬絶句した。

「市川房枝って名前、ご存知ない?」

「名前は聞いたことあるけど……」

「じゃ、中に入って、よくお勉強していってください」

と、つい意地悪く言ってしまった。

市川房枝氏が亡くなって十一年経つ。彼ら大学生が二十歳として、当時はまだ九歳以下

だ。知らない世代も多くなっているのだと、つくづく時の流れの速さを思った。

だから、市内の子どもたちに「市川房枝」を知らせたい。

いろいろ頭を絞った。学生バンドを集めて大会を開く？　ちょっと世話が大変だなぁ。考えているうちに記念作文募集を思いついた。四大新聞紙上に募集広告を載せれば、あとは作文が集まるまで放っておける。手間がかからないかもしれない。しかし、七月の幹事会では、夏休みが近いし、九月末日の締切では期間が短くて無理だろう、という話になって、プランはつぶれてしまった。

ところが数日後、幹事の一人から「締切を遅らせてでもやりませんか」との電話があって、私の気持ちにまた火がついた。締切を十月二十日とし、何人かの幹事のやる気も起きてきて、急遽募集に踏み切ったのだ。

私の募集要項の文案をワープロに打ってくれた仲間がいる。八月の頭、炎天下を中山や西船橋の朝日と読売の京葉支局へ出向いてくれた仲間もいる。

朝日の記者は不在だったが、読売のT記者からいろいろアドバイスもあった。今の学生は作文を書かないと言われた。

「僕たちが新聞社で作文募集をするときは『作文の力を向上させるため』という名目をつ

くって教育委員会を通し、各学校にお願いして書いてもらって、やっと集めるんですよ」

と、いうことだった。

結局は、市役所内の記者クラブに掲載を頼み、あとは九月の二学期になったら各学校を回るしかない、ということになった。

市川市内には和洋女子大がある。高校は公立私立合わせて十五、六校ある。これくらいの数なら会員が手分けして回ったら、回れないこともないと、そのとき私は思った。


八月初旬、炎暑が続いていた。いろいろと気になることは多かったが、学校が休みなので焦っても仕方ないと思い、八月は幹事会も夏休みをとった。

九月。二学期が始まってから、早速手づるを頼んで学校回りを試みた。

国府台女子高校の事務局長を訪ねると大変好意的で、「これまでも作文募集に応じたことはあります。作文のうまい子が何人かいますから、作文指導の先生に話しておきます」と言われ、大いに意を強くした。

この日は、引き続き松戸市内の聖徳大学と付属高等部まで足を延ばした。私よりずっと年若い会員のIさんが同行してくれたが、両校での感触はあまりよくなかった。

「応募するかどうか、子どもに強制はしたくないから。ま、話してはみますが……」

という程度だったので、あまりいい気持ちはしない。もう一校回ろうかと思ったが、炎天下の行動に疲れもはなはだしく、この日は三校で中止した。Iさんは長女が日出学園高校の一年生だから、担任の先生に頼んでみる、と言って帰っていった。

九月いっぱい、一通の応募もなかった。

私は、次第に気力が萎え、このプランは私の時代錯誤だったかもしれないと思ったりした。ああ、せめて五通応募作が来ればいいのだ。最優秀賞一篇、優秀賞一篇、佳作は若干名としてあるから、五篇くらいあれば何とか形がつく。内容を発表するわけではないから、内容はどんなでもいいのだ。作品の数と名前さえあれば。

「サクラでもいいから」と友人の娘たち、会員の娘たち、近所の高校生の母親たちに懇願したが、大方は母親たちのガードが固く、「とてももうちの子はダメよ」「今、試験があるから」「部活で疲れきってるのよ」と、拒絶された。一人として話に乗ってくれる人がいない。

私はいよいよ滅入り、これはもう十一月十四日の発表日には、経過報告をして「残念ながら応募はありませんでした」と言うしかないか、と覚悟を決めた。

そしてまた、こうも考えた。そうだ、そもそもこのプランは「市川房枝展」を若い人たちにPRするためだったのだから、何校か高校や大学を回ってPRしたことで、その目的は多少とも果たされているのだ。だから応募作品は一通もなくても、それで傷つくことはないのだ――と。強いて己れを鼓舞していた。

しかし、一通の応募もないことは、やはり辛かった。


十月初め、一通の投稿が届いた。

東京の女子大三年生からだったが、この作文が大変よく書けていた。「女の生き方、私の生き方」で、男女の雇用機会均等法ができても、男女の役割分担はなかなか解消しない、という女性問題のポイントをよく捉えていた。

「これが最優秀賞だな」と、私は大変嬉しかった。しかし、あとの数が足りない。

新たにつてを頼って、昭和学院高校と和洋女子大にも頼んであったが、一番初めにＯＫしてくれていた国府台女子学院からは、「二人ほど書かせたが、到底お見せできる作ではないので、今回は辞退したい」と言われてしまった。

思いがけない断りに、万事休す！

私の気分は浮いたり沈んだりしていた。発表会の会場は女性センターの七階ホールだ。百名余の入場者が予想されたが、その前で「応募作なし」と発表する自分の姿が何度となく脳裡を過ぎる。恥をかかなくてはならない。

十月十二日朝、見知らぬ男性から電話で起こされた。「日出学園の……」と言われて私の意識は覚醒した。「二年女子全員六十名に書かせたので」と、その声は言った。「選ぼうと思いましたが、おたくのほうの選考の視点もあるかと思って、全部お渡ししたい」と言う。バンザイ！　これで恥をかかなくてすむ。「なお、二年生にも来週書かせるので、できたら電話する」という、ありがたい報せだった。

Iさんの依頼が実を結んだのだった。

日出学園からの電話のあと、すぐIさんに電話した私は、年がいもなく、

「あなた、やったわネ！　バンザイよ！　日出学園が一年生全員に書かせたんだって。六十通よ。一通や二通じゃないのよ。あと二年生の分があるんだって……」

と、興奮して叫び立てていた。

その日の午後、早速、日出学園に出向いた。作文担当のY先生は、痩身、半白のスッキリした好もしい中年男性だった。Y先生が民話の収集や語りをやっていると聞いて、単なるサラリーマン教師でないことも嬉しく、親しみ深く感じた。

数日後、二年生の分六十通はIさんがいただいてきた。多忙だったので、二人でそれぞれ下読みをし、半分ぐらいを選ぶことにした。手すきとなったある夜、読み始めてみると、これがなかなか面白く、とうとう半徹夜してしまった。

十月三十日に選考会を開いた。懇話会幹事が五、六名集まって、まわし読みをし、マルや三角やバツをつけて数を減らしてゆき、とうとう十一篇を選ぶことができた。

大学生の作文で感心したのもあったが、何よりも感心したのは、日出学園の分が大変よく市川房枝の業績を知っている点だった。東京の大学生が「この人、何をやった人ですか?」とたずねたのに比べ、日出学園の高校生たちは市川先生の活動や婦人参政権獲得の歴史や、今日の政治状況についてよく知っていて、少女らしい批判や感想を述べている点で、大変よく勉強した形跡が認められ、実に的を射た作文ばかりだったと言える。

「正直言いますとこの作文を書くまでは、市川房枝さんや婦選獲得についてほとんど知りませんでした」

と書かれた、率直で初々しい感想もあって、彼女たちがこれらのテーマについて一生懸命学び、かつ自分の生き方についても真剣に考えたらしい様子がうかがわれた。

後から伺うと、日出学園ではU先生という女性史研究に熱心な女性教師がいて、年々、課外に女性史の指導をしているということで、生徒たちの勉強ぶりに私たちも納得がいったのだった。

日本の政界は自民党のドン金丸信の大脱税や、その他の根深い構造汚職で、ドロドロの状況が続いている。庶民は怒ったり呆れたり白けたり。次第に無気力となり忘れてゆく。

子どもは、テレビのお笑い番組に夢中――と思いきや、指導者が良ければ十五歳でもキチンと理解し、批判精神も育ってゆくことを示していた。父母や教師の日ごろの話題――つまり、大人の生き方が大切なのだと思わされた。

文章は下手でも、一生懸命考えること。それを自分の言葉で率直に書き表すことの大切さ。私たちが彼女たちに与えた二つのテーマは、彼女たちに自分の生き方について初めて考えるキッカケを与えた、という手ごたえを感じ、私たちの間に一種の喜び、連帯感が生まれた。

かくして十一月十四日、女性センター・ホールにおいて、市川女性問題懇話会主催の、〝市川房枝生誕百年記念作文、入賞者発表会〟が行なわれ、私は会長として彼女たちに賞状を授与するという晴れがましい役を果たしたのであった。

（参画視かく　一九九二・十二・十〜一九九三・四・十の連載より）

市議選で大成功

市議二名死去に伴う補欠選挙が、十一月二十八日の市長選とともに行なわれた。

年の初めから女性市議を出そうという声が上がり、私のいる市川女性問題懇話会と、地域を拓く女たちの会のメンバー、五、六人で会合を持ったのが始まりである。私は悲観論者で「到底当選の見込みはないが、本選のリハーサルと思って名前を売るための運動としてやる」と言った。

候補者は懇話会の幹事で四十歳の若い主婦である。というのは、彼女に目をつけた女性がいて、一年前から口説き続け、やっと本人もOKしたというので、その無名性、力量の不明性などで、声をかけられた私としては消極的だったが、選挙をやることに同意をしたわけである。

気は進まないと言っても、市川市は市議四十四名中、女性はたった二名という貧弱さで、女性運動をやっている私としては、逃げるわけにはいかなかったのだ。そして、市川市内の百三十ほどある女性団体が一挙に動いてくれることを願ったのだが、女性たちの選挙アレルギーははなはだ強く、発進当初の賛同者は心細い限りだった。

それでも市内で有力な女性弁護士を中心に、五十名くらいの発起人を立てて「市川に女性市議をふやそうネットワーク」という会をつくった。やるからには理想選挙方式でという声が高く、月一回、市川房枝記念会から、事務局長の山口みつ子氏、中央大学名誉教授の佐竹寛氏、他の皆さんに講演に来ていただき、選挙の手ほどきをしていただいた。

そのうち総選挙があって、思いがけぬ細川政権の誕生。政情分析、他市の市議選の経験者の話なども聞いたが、いつも三十人ほど集めるのが関の山で、どこから、どう手をつけたらいいか悲観論ばかり。

そして七月末、やっと家を借りて事務所をもち、名簿集めなど始めたのだが、まだ事務所も閑散たるものだった。私は知人五十名くらい、同窓会名簿で百五十名、計二百名に運動の趣意書を送り、徐々に候補者のチラシを入れたりし、切手もカンパのつもりで自費で手紙を書いた。

カンパ集めも始めて多少の反応もあり、気分を良くするときもあったが、当選するには何万票かを集めないといけないということで、これはもう絶望的だった。

しかし夏過ぎ、有力な女性が集まり始め、一、二の地区の主婦たちが動き出した。知人から知人へ、紹介者をネズミ算式に広げていって、個人別のリストをつくり始めた。地区別にリーダーをおき、どんどん名簿集めを進めていった。

事務所にも、主婦たちが出入りし始めたのである。新しい顔ぶれの中にはプロのレイアウトマンとか、会のリーダー的女性とか、活動的な女性も多くなり、だんだん熱っぽくなっていった。

神戸からは、リサイクル運動をしているという若いエネルギッシュな女性が応援に駆けつけてくれ、彼女のイベント的アイディアが次々と実現して、市内の人々の目を引くようになった。皆が乗って来た自転車の荷台に候補者の似顔絵を貼りつけて大勢走り回ったり、JRや私鉄の駅前での朝立ち、夕立ち、桃太郎（幟を持って立って演説したりアピールすること）など。

十一月二十一日の告示以後は、事務所では五台の電話作戦。外回りは候補者の似顔絵をゼッケンのように胸にかけて、十人から二十人くらいのオバサンたちが一列になって市内を練り歩き、候補者は商店街を握手してまわり、最終日の夜六時〜七時四十分までは市川駅北口にズラリ並んで、懐中電灯をペンライト代わりに振りながら歌まで唄うやり方で、大変楽しく盛り上がった。

結果はなんと、二万八九一四票で二位当選！　新聞社の取材やら、甘酒の乾杯やらで、熱気ムンムンの十一月二十八日夜だった。

終了後、私は風邪と疲れで三日寝込んだが、だんだん高揚して市内を叫んで歩いた選挙運動を、懐かしく思い出している。

（参画視かく　一九九三・十二）

市川市女性センターの運営に二つの提案

老年に入りつつあるわが身に即して言えば、女性も生涯を通して職業を持ち、定年まで働き、年金をいただいて老後を経済的に自立して生きられれば、と思う。

あるいは、会社勤めでなくても、生涯を通して自分の能力を投入できる仕事を持ち続けられる人生、充実感と達成感を得られる人生であったなら、と思うのだが、女性の場合は結婚によってその夢は挫折するか、縮小せざるを得ないケースが多い。

「男女雇用機会均等法」も「育児休暇・介護休業法」も、まだまだ男女平等に機能しているわけではない。法の整備は男女平等の、ほんの出発点に過ぎないが、早くも女性は疲れ果てて、あるいは安易に流されて、挫折し、妥協することが多いのだ。

一九九五年の北京女性会議で謳われた、「エンパワーメント」の気持ちを維持すべく、己れを鼓舞していくことを、まず私自身にも女性たち自身にもすすめたい。

そこで、その力の発信源となる女性センター運営に、大まかだが二つの提案を考えた。

第一は「女性のための政治ゼミナール」。女性は政治アレルギーが強い。しかし、政治と政党を混同してはならない。政治を毛嫌いしては、私たちの生活が成り立たない。前述の男女平等のための諸法律も、夫婦別姓も、新聞に多出しているセクハラ裁判も、生活にモロに影響する消費税も、新しく導入される介護保険法も、キレやすい子どもを抱えた学校や家庭も、すべての制度や法は政治政策によって現出する。

政策決定の場に女性を！　と「女性市議をふやす」運動も続けているが、ふやすためには選挙という関門がある。女性が当選しにくい小選挙区制や、クォータ制の導入など、選挙制度の勉強も必要だ。

私は市川房枝記念会の評議員もしているが、この会の「佐竹寛中央大学名誉教授の政治ゼミ」は面白く、楽しいと好評。大学院コース向きと思う。

第二の案は、男性に向けての啓発をもっと行なうべきだと考える。料理や囲碁、将棋だけでなく、もっと男女平等の本質的な勉強を男性にしてもらいたいのだ。たとえば府中市では、一九八八年以後毎年、実行委員方式ではあるが「男性だけの女性フォーラム」を開いているという。

セクハラや買春ツアーや、多くのメディアを牛耳っている男性たちの破廉恥な感覚は許しがたい。夫と妻の関係、父と母の関係も、対等に話し合えていない。女性問題で男性を集めるのは困難なことだが、男性の変革なくして女性問題の解決もない。

「イカス男の条件」とはどんなことか。女性側からも提案してみたい。

（参画視かく　一九九八・四・十五）

ニューヨーク・国連「女性二〇〇〇年会議」に呼応して

「北京プラス五年」の成果を検証する国連「女性二〇〇〇年会議」に呼応して、国連本部前のビルで開かれた「ジャパン・グローバル・フォーラム」（NGO。主催・渡辺晴子氏）に参加した。六月五日から連日、一．和平、二．開発・女児、三．加齢、四．男女平等、五．NGO、の五テーマを日替わりで開催。

午前の基調講演、午後のパネル討論には、国連本部からわずかの時間を割いて、アメリカ、フィリピン、タイ、アフリカ等、多彩な国々の女性が駆けつけてくれた。肩書きも、元民主党副大統領候補、国連広報局の方、国連NGO関係者、国連内の支局ジャーナリスト、これまでの女性会議の世話人、ユニセフの方など多様。

日本側からも赤坂清隆国連大使、各新聞社の男性支局長や若い女性特派員、女性市議らがパネラーとして登場。登壇の発言者は延べ三十余名に上った。

語られた問題点を整理すると、以下の諸点になるかと思う。

一、主として南北格差の問題……IT革命によって先進国と発展途上国の経済格差が拡大し、南側に貧困、売春、人身売買、児童の教育と虐待など、問題が山積している。
二、宗教的、伝統文化的習俗の差異による問題解決の遅れ。
三、DVは犯罪である、との認識は進んだが、どの国も女性への暴力が存在する。
四、法的に男女平等は進んだが、どの分野にもトップに女性の姿が少ない。
五、それでも政治の場へ少しでも女性をふやしていくこと、加齢後も生産的生き方をするべきこと。

そして、質疑応答の中から「北京会議から後退してはならない」「世界は戦略を分かちあい、ネットワークをつくろう」「二十一世紀へのキーワードは、〝勇気!〟」と大書して、六月九日、五日間の討論を終了した。

連日のワークショップも大盛況だった。広島の女性たちは朝、国連前の街角で「平和」の横断幕を広げてアピールした。「男女共同参画かるた」を発表した鳥取の団体も人気。揃いのハッピ姿の佐賀の女性たちは、佐賀県の市町村に女性議員をふやす運動をしているとか。

アメリカの選挙運動の輪に参加した私も、つい「市川に女性市議をふやそう」選挙の話を披露して、同席のアメリカ女性から拍手を受けた。他に、環境問題の人形劇、働く母の会等々、元気な女性たちが熱心に語り合った。

開会式には初の女性狂言師・和泉淳子、三宅藤九郎姉妹の狂言。閉会式には在米沖縄人の沖縄舞踊と勇壮な太鼓。そして、全員が輪になって「炭坑節」からカチャーシーを踊って閉幕した。

それぞれ「女性の権利は人権である」「行動と勇気」の合言葉を胸にして……。

（市川市女性センターだより　二〇〇〇・八・十七）

第二章

憂いの記

教科書検定問題

私は昭和十一年に小学校に入学し、二十一年に旧制の県立高女を卒業した。だから日中戦争から太平洋戦争に関しては、記憶していることが多い。

もちろん当時は、あの戦いは「大東亜共栄圏」を理想に掲げた「聖戦」であると教え込まれ、「神風が吹いて最後には必ず勝つ」と信じ込まされていた。

二十年の二月には五井の風船爆弾工場に動員され、高女四年になった同年四月から八月十五日の敗戦まで、護北兵団という房総駐屯の軍隊に軍属として、師団司令部の高級副官室に勤務していた。米軍の九十九里上陸の声は高く、私はこの兵団の一員として、本土決戦の中でお国のために死んでもいいのだと思う、十五歳の軍国少女に育っていた。

ここに学校教育の恐ろしさがある。

今にして思えば、あの戦争は誰がみても侵略だった。昭和十二年七月七日、蘆溝橋でどちらが先に発砲したか？　挑発したのはどちらか？　あるいは誤射だったのか？　それらの問題を抜きにしても、日本軍が中国本土やアジア諸国に踏み入って戦ったのは史実である。日本本土に、彼らの国の軍隊が侵略したから報復したというわけではないのだ。

しかも数値に不確実さはあるにしても、膨大な数の非戦闘員を虐殺している。この史実の重みを、日本国民は永久に忘れてはならないはずだ。

「侵略」と「進出」の辞書的解釈は、岩波の広辞苑によれば、

「侵略＝他国に侵入してその土地を奪いとること」

「進出＝すすみでること。一定の地からさらに進出すること」

ついでに「侵入」も調べると、

「立ち入るべき所でない所に、おかし入ること、無理に入りこむこと」

となっている。「進出」と「侵入」の語意は「侵略」よりはるかに広義で、いわば「侵略」の語を薄め、やわらげる作用をしている。それは戦中「退却」を「転進」と言いかえたのと同じごまかしである。

日本は言葉の豊富な国である。一つの語を何種類にも言いかえたり、言葉のニュアンスに敏感な民族だ。その敏感さから、悪いイメージの「侵略」は引っ込めて、さりげない「進出」に変えようと考えたのは、いったい誰なのだろう。

己れの「侵略」の罪を認めず、居丈高に居直ろうというのか、脛に傷を持つ身が、傷の

痛さを忘れたいという卑怯な心根から出たのか、可愛いわが子を弱気にさせたくないという親心、つまり〝愛国心〟の発露というのか……と、いろいろ推測した。

ところが、この「侵略」抑制は、昭和三十年代から始まっていたと知って驚いた。

八月二十五日付の「朝日新聞」によると、三十年度版の中学校歴史教科書には、まだ「侵略」の字が見えるが、文部省がつくっている指導要領の解説や指導書には、もう「中国侵略」を一貫して「進出」に変えてあるという。

三十四年度の検定では小学校社会科の八十二%が不合格、三十九年度には「三度の不合格で発行を断念した出版社もあった、という」とある。検定の強化がうかがわれる。

しかし日中問題には、外交がらみで揺れもある。新聞記事はさらに「三十七年度検定で不合格、三十八年度検定で条件つき合格となった日本史の執筆者、家永三郎・元東京教育大教授の教科書訴訟、検定を違憲とする『杉本判決』、さらに四十七年の日中国交回復をうけて検定は微妙に変わった」という。

それが五十年代、ことに五十五年の自民党による「偏向」教科書キャンペーン以来、また強化されたというのだ。

ということは、それも自民党圧勝の五十五年の選挙が引き金となっているようだ。つまり、防衛費増大、憲法改正論、参院公選法改正などと手をたずさえて躍り出した自民党タカ派の意向なのだ。自民党の文教委員と、その意を受けた文部官僚（教科書検定調査官ら）の、独善をみる思いがする。

ここでもう一つ言いたいのは、いじめっ子と、いじめられっ子の心情についてである。いじめっ子のほうはいじめたことを忘れやすいが、いじめられた子はその口惜しさは忘れられない。いわば日本は、アジアの中のガキ大将だった。

やりすぎて他の大人たちにこらしめられ、ゴメンナサイとあやまった。あのことはあやまったんだから、もうすんだことだろ——と言ってはならないのである。

国と国との関係は、人と人との関係と似ている。日本が謙虚に反省していれば、他国もあえて旧悪を暴露してくることはないが、相手国が日本の侵略行為をゼロに消してくれることはないのだ。向こうにしてみれば、「甘い顔をして黙認していれば、つけ上がって自分の悪事を正当化しようとする」と怒るのは当然なのである。

今回の中国や韓国の国民の憤りは、まっとうな神経の人間なら、洞察できることであった。「侵略」とり消しの発想には、思い上がりの精神がある。そこには今なお「天孫民族」の思い上がり、「神国日本」の思い上がりがある。戦前の精神構造と少しも変わっていない人たちの発想である。

一方、漢民族には「中華思想」があり、ユダヤ民族にも「選民意識」はある。どこの国民も自国への愛国心は持っている。日本人が日本を優れた国と思うなら、他国には他国の誇りがあることを認めなければならない。これも人と人との関係と同じだ。

私は生まれてから十五歳までの「十五年戦争」の被害者である。と同時に、大人たちとともに戦った軍国少女としては、加害者の立場にも立っている。だから、あの戦争を「侵略でなく単なる進出だった」などとは到底いえないという猛省に立って生きている。

この史実は史実として、何ら歪めることなく子や孫に教えなければならない。たとえ真実を伝えることが大人たちにとって辛いことであっても、真実を見透す洞察の眼を、子らから奪ってはならないのである。


私は人並みに日本を愛している。だからいっそう、日本の未来について気になってならない。終戦（これも敗戦というべきだが）後、教室で教師の指示どおり、教科書を墨でぬりつぶした私の、やるせない思い出でもある。

視野の狭い文部官僚と、セクショナリズムと、執筆者も出版社も結局は〝長いものに巻かれろ〟となってきた意気地なさを思い、八月二十六日に発表された政府見解で、一つの視点に到達した教科書検定問題に、まだすっきりしない胸の内をもてあましている。
　この問題はまだ結着していない。語句の訂正ですむことではない。日本自体の、過去の「侵略」に対する謙虚な反省が今後続けられなければ、被害国の国民は納得しないだろう。単なる教科書問題としてではなく、もっと大きな目で、この問題を見つめたいものである。

（京葉市民新聞・婦人コーナー　一九八二・十・十五掲載／八・二十六記）

原発より太陽エネルギー開発を

今年の春から薄気味悪いことが次々と起きた。これは昔、私たちが体験済みのことだったのに、夏になった今、もうニュースにもならない。

一つは、四月二十六日に起きたといわれるソ連チェルノブイリ原発事故による放射能汚染。もう一つは「日本を守る国民会議」編さんによる神話・皇国史観の歴史教科書。

こちらは文部省の修正があったというものの、検定に合格したという。四十年前「神国日本」の教育を受けた私と同じような教育が、これからまた始まろうとしているのだろうか。それは措くとして、一つ目のチェルノブイリ原発事故では、放射能が日本に達するまで一週間とはかからなかったことに驚きを覚えた。以前、このコーナーで述べた私の不安が実証されたのだった。

今回はまず日本への影響は許容量以下という収束宣言も出されたが、ひところキエフ市や周辺の都市では〝疎開〟が行なわれたという。〝疎開〟という言葉の、何と凶々しくも懐かしいことよ！

対策としては、外出しないこと、野菜を洗うこと、牛乳を飲まないこと、沃度剤《ヨード》を飲んで汚染を薄めること。

それでも頭髪が全部抜けたとか、事故処理に当たった人の中から二次汚染による被害者が出たとか、四十年前のヒロシマ・ナガサキで体験済みのニュースが伝わってきた。ソ連は「被害は限定的だった」としきりにいうが、被害はこれから何十年にわたって現われてくるのであって、これで終わりではないのだ。

あのときも、原爆投下後、肉親をさがしに被爆地に行っただけで、二次汚染にやられた人々が大勢いた。そんなことは日本ですでに体験済みなのだ。

四十年前と違って、骨髄移植という効果的な治療法が開発されているのは幸いだが、二次汚染も白血病もガンも、世界は日本の教訓を少しもわかっていなかったのだと思わせられた。

そう、世界は少しもわかっていない。事故はソ連だけでなく、アメリカのスリーマイル島原発事故もあった。中国砂漠での核実験のときも日本に放射能が達し、今回と同じ程度の影響があったというし、日本だけでなく各国の核実験で被害者となった人々は世界のあちこちに多いのだ。日本の東海村で小規模の事故があったことも、私たちは思い出さなくてはならないことであった。

現代が、石油・石炭に代わるエネルギーとして原子力に頼ろうとするのは、科学進歩の一つの必然だったかもしれないが、今となっては原子力の凶々しさに目をつぶるわけにはいかない。軍事力としての核はいうに及ばず、平和利用といっても悪しき発見だったと、科学者たちを呪いたい心境となる。

事故がないとしても、どんどん溜まる核廃棄物はどうなるのか。大洋に沈める、大砂漠や地中に閉じ込めるというが、未来はどうなるのか。永劫を通じて安全を保証することはできるのだろうか。

たとえ絶対に漏れることがないとしても、たとえば私たちが地中から石油や石炭や鉱物を掘り出して恩恵を受けているように、これから何万年か何億年か後の人類が、地中から掘り出したものが核廃棄物であったということにはならないか。それがどんな恩恵を人類に与えるというのか。それともそんな先のことは考えるべきでないのか。

昨日、一つの投書から西独の情報に接した。永井清彦氏（桃山学院大教授・朝日新聞七月十三日「論壇」）は、チェルノブイリ事故以来、西独では「脱原発」を主張する声が八一〜八三％あるという。そのうちの二〇％は「即時停止」、七〇％弱が「当面は稼動させるが、一定の過渡期のあと停止」を望んでいるという。

しかも「政権の座にあるキリスト教民主・社会同盟、自由民主党が差し当たって脱原発は無理だが、太陽熱利用など代替エネルギーの研究開発を急ぎ、当面エネルギー消費を節約する方針を出している」ということだ。

核兵器はいわずもがな。原発も原子力船ももう要らない。原子力研究者は別のエネルギー発見に方向転換してもらいたい。

同日選挙を強行でき、三百余の安定多数を確保した自民党よ、そして強力な現政権よ、このエネルギー政策の方向転換をこそ〝強行〟してはもらえないものか。

（京葉市民新聞・婦人コーナー　一九八六・八・二十五掲載／七・十四記）

弱者もともに生きる町に

大分前、市川市に福祉タクシーが二台あると聞いて、足も体も弱った老母の移動にお願いしようと、市役所に出向いたことがある。しかしこのときはもう、この二台は廃止されていて「市内のタクシーは全部福祉タクシーです」と、十枚綴りのチケットを渡された。つまり、これでタクシー代を市が半額負担してくれるというわけである。

しかし、私はこのチケットは一枚も使用しないうちに返却した。費用の問題ではないのである。何よりもタクシーがつかまらないことと、公道から引っ込んでいる家の前まで、路地を嫌って入ってくれない不便がある。

「俺たちも生活かかっているからなぁ」とうそぶく運転手もいて、狭い路地をバックで入る時間と労力を惜しむのだ。車を持たない私は、結局チップをはずむことで親切を買うしかないのだった。制度はできていても、人々の心に福祉の精神は少しも根づいていない気がした。「仏つくって魂入れず」とはこのことと、そのとき感じた。

タクシーは呼んでもなかなか来てくれないし、不快なことも多いので、近くの親戚に行くのには車椅子がいいだろうと、社会福祉協議会から拝借したこともある。が、こちらも数回乗っただけで返却した。

市川市の歩道の段差は一応スロープにはなっているが、まったく平坦ではないし、乗り手には楽でなかったらしい。「体が痛い、疲れる、もうこりごり」と言って母は拒否した。車椅子で散歩や買物を考えていたのだが、そのプランはつぶれてしまった。

もちろん母の我儘もあろうが、市川の道は狭く、つぎはぎだらけで、健康な私でさえ靴のヒールを穴に落としたりするので、車椅子の一人歩きは危険もあろうと思う。

車椅子といえば数年前、本八幡のホームに上がる階段の下に、車椅子の青年が一人、ポツンと置かれたままになっていた。それは本当に〝物〟のように置かれていた。私は気がかりで足を止めたとき、駅員が二人来てホームに運び上げたが、二人はすぐ下りて来た。思いきって「あの方、どこまで行くんですか」と聞くと、「小岩」という。「下りるとき、どうするの」「小岩に連絡してあるから」とのことだ。

上り電車が来て、ホームの駅員が車椅子を押して入れ、彼はドアを背に座ったまま不安そうだった。私は市川で下車予定だったが、小岩まで行って下ろしてやろうかと思うものの、なかなか声がかけられない。それでも市川近くで「大丈夫ですか」と聞くと、不安な表情ながら彼はうなずいたので、そのまま下車したが、勇気と親切が足りないという反省も心に残った。

総じてハンディキャップのある人の外出には困難がつきまとう。道が悪い、車が歩道に半分乗り上げて駐車したり、店の商品が並べられたり、自転車が通路をふさいだりして、車椅子が通れないところがある。階段にリフトがない。歩道橋はどうするのか。車椅子用トイレは市役所や文化会館にはあるが、他の施設にはないところもまだ多い。バスに乗りたいときにはどうなるのか……。

いろいろ考えてくると、私の住む町もまだ弱者には住みいい町とは言えないだろう。

朝日新聞（一月二十三日）に、チェコのプラハが古い町並を大切にしながら、ハンデのある人への配慮が感じられた、という記事が載っていた。狭い日本ではヨーロッパ並みにはいかないが、制度も施設もそして住む人たちの心も、弱者をともに包みこむ町でありたいと思った。


（京葉市民新聞・婦人コーナー　一九八八・三・十五）

ゴルフ場の農薬禁止に賛成

去る三月八日、千葉県議会で沼田知事が「四月以降にできるゴルフ場では農薬禁止」を打ち出したと聞き、心中ひそかに喝采した。

というのは、昨年夏、故郷の山村を訪れた私は、小さな村の周囲に六つもゴルフ場があって、村を貫通して流れる川の魚に背骨の曲がったものが見られると聞いて、農薬による山村の環境汚染に危機感を抱き、投書をしたことがあるからだ。

前々から話に聞いたり、ニュースに接したりしながら、何となく遠い話のように感じていた私は、生まれ故郷の村人たちの直接の話で、にわかに汚染が実感となってしまった。

そしてなお恐るべきことは、そこに住んでいる農民たちがそのことを百も承知で、村の共同の山をゴルフ場に売る相談をしていることだった。

さすがにこのときは反対意見が出て、相談はなかなかまとまらなかったようだが、反対者の数は少なかったようだ。

私はそれまで、緑の多い故郷を懐しく誇らしく思っていたのだが、裏切られた気分で

「自分にはもう故郷はないのだ」と、つくづく寂しく感じられた。

　私がゴルフをやらないので言い方が荒っぽくなるが、もうこれ以上、ゴルフ場はお断りだと感じている。以前は自然林もゴルフ場も、一応緑の山野として同じに心のうるおいとして感じていたのだが、今やまったく別物だという気がしている。

　田畑にしても同様で、私は田舎の田園風景を原風景と感じているほどだが、米も野菜も果物も、どの程度、農薬に侵されているのかがわからない。それでも都会では自給自足できないから、それも承知で何でも食べているわけだ。

　たとえ田舎に土地を得て、自給自足の生活ができるとしても、自分の田畑だけ汚染から免れることはできないのではないか？　周辺の田畑に使われた農薬で、土壌が広く汚染されているかもしれないし、楽観はできなくなる。

　食物だけではなく、今や住居の中にもダニ退治や白蟻退治の農薬が入り込んでいて、そのほうが田畑の農薬より濃度が高いという警告もある。ダニシートには田畑の農薬の十倍の農薬がしみ込ませてあって、そのため一家が中毒にかかったという話もあるそうだが、こういう場合の規制はあるのだろうかと心もとない。

　以前、白蟻予防として床下を消毒してもらったとき、かなりの臭いがして一日外出していたことがあったが、といって家の寿命を考えれば消毒をしないわけにもいかなかった。

農産物も加工食品も、食物以外にもいろいろと私たちは農薬や防腐剤などの危険な薬づけになってしまった。が、せめてゴルフ場だけでも汚染の歩度がゆるくなればありがたいことだ。四月以降オープンのゴルフ場といわず、とにかく全ゴルフ場を禁止の対象としてもらいたいし、また、これ以上ゴルフ場を増やすことも禁じてもらいたいと願っている。

（京葉市民新聞・であいの広場　一九九〇・三・二十五掲載／三・十五記）

［追記］

農薬汚染や防腐剤入りなど、食品に対する汚染の問題もあるが、今や原発事故による放射能汚染の問題が大きい。食は生命の源。なおざりにはできない。

（二〇一一・八）

沖縄の戦跡に詣でる

長い間、沖縄に行ってきたいという願いを持っていた。それは昭和二十年の沖縄玉砕時、海軍司令官だった大田少将の姪御さんと同級生だったからだ。私たちは房総の田舎町の旧制高女四年だった。ともに本土防衛の軍隊の軍属に動員されて働いていた。

その念願が叶って、三月二十九日から四月一日までの三泊四日「千葉県平和学習交流団」の一員として、沖縄南部の戦跡めぐりをすることができた。一行は十九名。小学三年の女の子から最年長は七十七歳の婦人まで、幅広い市民の集まりだった。

沖縄の戦跡めぐりは二日目の三月三十日に組まれていたが、現地に着いてから専門的にガイドをしてくれる金城メリーさんのアドバイスで、観光会社の組んだコースは大幅に変更された。観光化されたコースではなく、人のあまり行かないコースが選ばれた。そのため大田少将自決の海軍司令部跡の壕は割愛された。

この三月三十日のコースを記録しておきたい。

糸数壕《いとかず》↓韓国人慰霊塔↓摩文仁丘《まぶにがおか》慰霊公園と平和祈念資料館↓魂魄之塔↓ひめゆりの塔

→万華之塔→チビチリガマ→北中城《きたなかぐすく》村平和団体との交流会。

この中で最も強い印象を残したのは、糸数壕であった。

この壕は天然の鍾乳洞である。入口は尻で滑り下りるほど急な穴で、したたる水で常に土間は湿っている。頭をぶつけないように、横向きに蟹の横這いよろしく、両手を穴の岩肌につきながら、ソロリソロリと一歩ずつ下りた。

洞窟の中はかなり広く、日光はまったく入らない。各自が借りて手にしている懐中電灯の鈍い光が、やっと自分の足元のごろごろ岩を照らし出すだけである。そのうち、少し広いテラスに到達した。

電灯で四囲を照らすと、その先にはまた何本もの迷路が延びているらしく、黒々とした穴が見えるだけだ。子どもたちが先に行くので、大人たちは大声をあげて「これまでにしましょう。戻っておいで！」と制止する。そして、金城さんの話を聞いた。

ここは大きな壕なので、何百人かの陸軍の戦傷者を収容した。南風原《はえばる》というところに陸軍病院があり、約三、四千人の戦傷兵がいたが、沖縄中部に上陸して南下する米軍に追われ、この糸数壕に逃れて来た。

もちろん、一緒にひめゆり部隊の女生徒たちもいたのだ。入口近くの者は日の射し具合で昼か夜かわかるが、中にいる者には昼夜の判別もつかない。汗まみれ泥まみれ血まみれ、傷の化膿による悪臭、人いきれ、戦傷者の呻き声、地獄とはこのことだったと、集団自決のあと、かろうじて生き残った人の話だったという。

何日も何か月も続く真の闇の中での呻吟がどんなものか、電灯を消してみようということになる。日中なのにまったくの闇。クリスチャンの老婦人が小声でお祈りを捧げる間、私も心の中で冥福を祈る。

それから金城さんのガイドに従って、もう少し奥に歩を進めると、二メートル以上の段差のあるところに出た。低いところに丸い井戸、片側の高いところに「かまどが六つある」と言われたが、石を積んだ直径七、八十センチぐらいの丸い穴が並んでいて、それがかまどらしかった。

その縁や周囲に、茶碗の白い破片が散らばったままになっている。この洞窟の中で四十五年前にひそんでいた彼らは、何を煮炊きして食べたのであろう。煮炊きの煙はどこから外へ出たのだろう。

そして、彼らの骨や遺品は、ことによったらまだ私たちの足元、足の下の泥の中に埋まっているのかもしれなかった。

沖縄戦は三月二十九日の米軍上陸から始まり、六月二十三日の牛島陸軍司令官の自決で終了したことになっている。しかし、軍の組織的な抵抗は六月十九日に終わっており、その後、こうした洞窟などに残された戦傷者や非戦闘員たる島民に対して、ガス弾や火焔放射器による米軍の攻撃があったので、本当の終結は七月になってからだという。

いわゆる米軍の馬乗り攻撃である。洞窟にひそむと敵の行動を見透せない。米軍はやすやすと洞窟に接近し、その上に馬乗りになるような格好で、洞窟の入口や天井に穴をあけたりして、ガス弾や火焔放射器攻撃をしかけたという。

日本側は逃げ場もなく、ひとたまりもなかった。早めに壕を出て降伏して助かった者は少数だったのである。そしてまた、降伏をしない限り、壕を出ても狭い島の南端に追いつめられて、海に身を躍らせる以外に行き場はなかったのである。ひめゆり部隊も、その例にもれなかった。

島の南端、摩文仁丘には、各県の慰霊塔がさまざまなデザインで並んでいる。千葉県の〝房総之塔〟もある。それは合掌を意味した塔の下に、掘り出した陶器の破片でつくった球体（死者の霊）を抱いたデザインだった。

摩文仁丘には、沖縄県立平和祈念資料館がある。

入口近くで見た一枚の写真は、夜間の艦砲射撃である。弾道は無数の光の矢となって、黒い天の余地を残さないほどの凄まじさである。米軍上陸前の砲撃で、山の形が変わったと言われたもの凄さを彷彿とさせる。

残された円い旧い型の眼鏡、ちびた歯ブラシ、こわれた万年筆、飯ごうや食器類、ちぎれた財布、ボロボロの衣服……。小さな日常品の数々は、それらを生きて使っていた人々の存在を厳然と主張している。

そしてもはや動けぬ戦傷者を〝殺した〟注射器やアンプルのかけら。これには青酸カリが入っていたはずだ。あるいは集団自決のための凶器。包丁や鎌まである。

その〝死〟でさえも、想像を絶する残酷な地獄図が隠されていた。たとえば、毒物は多量に飲みすぎると嘔吐してしまって、ひと思いには死ねなかった。あるいはまた、妻を殺して自殺した夫に向かい、死にきれない妻が「お父さん、早く楽にして！」と、息たえだえにすがった――など、言語に絶する状況が次々と明らかにされてくるのである。

のたうちまわる状況が胸にくいいって、旅が終わったのちも、思い出すたびに涙せずにはいられなかった。

韓国人慰霊塔は、強制的に連れてこられた韓国人犠牲者の墓だ。日本軍に奉仕した慰安婦も多かったろう。先ごろ盧泰愚《ノテウ》大統領訪日に際し、天皇の〝お言葉〟問題がクローズアップされたが、日本に対する韓国人の根深い感情の渦巻きを、私たちも理解しなければならない。

大統領は「不幸な時期は、相対的に言えば短い時期だった」と言ったが、それからまだ五十年も経ってはいないのだ。この塔に詣でることも日本人の務めかもしれない。

この摩文仁丘慰霊公園は観光地化もしているが、それは異様な風景である。摩文仁丘から少し南下した米須海岸には、魂魄之塔がある。この地は米軍に追われて逃げて来た島民や、兵士たちの終着地だった。ここから先は逃げ場がない。多くの死者が出た。収集した遺骨は三万五千体の多きにのぼったという。

これらを納めてつくられたのがこの塔である。

しかし後に、摩文仁丘に国立の慰霊公園ができて、遺骨はそちらに移された。「この塔の中は空なのです。でも、沖縄島民は最初につくったこの塔が、沖縄島民の本当の墓だと思っています。魂魄之塔は島民の象徴の墓として、私たちは毎年ここにお詣りに来ます」と、金城さんは沖縄の心を語り、線香を捧げ、私たちも合掌したのだった。

かの有名なひめゆりの塔は、魂魄之塔から北の陸地に入ったところにある。南風原陸軍病院から、追われ追われて、あちこちの壕を経過し、遂にここに陸軍第一、第二、第三外科壕をつくった。

ひめゆりの塔のあるのは、その第三外科壕跡で、県立第一高女と県立女子師範の生徒と教師、百五十八名を祀ってある。正面の石碑には、一本のひめゆりと彼女たちの氏名が刻まれており、碑の前に壕の入口が深い井戸のようにあいていた。

六月十八日、もはや日本軍は潰滅し、ひめゆり部隊に解散命令が出た。壕内にいられなくなったのである。第一外科壕は脱出したが、第三外科壕は間に合わず、ガス弾によって大方は〝戦死〟した。私と同年代か一、二歳年上の少女たちだった。しかし、あまりにも観光化しており、人ごみで、正面で手を合わせる場もない有様で残念だった。

午後になって、珍しく十字架の形をした万華之塔、一夜にして建った時代錯誤の八紘一宇之塔などもまわって、最後にチビチリガマに入れていただいた。ガマというのは洞窟という沖縄語。チビチリは〝尻切れ〟という意味とか。

ここは糸数壕と違って小さな天然洞窟で、入口から穴の全体が見渡せる広さだった。四月二日に三十四名が集団自決したという。天井から千羽鶴が下がっていた。一九八八年に地元の彫刻家が〝平和の像〟を入口につくったが、同年秋、右翼によって破壊されたという無残な像が、そのままになっていた。

こうして、一日の沖縄南部戦跡めぐりは一応終了し、夜は本島を北上、北中城村の公民館で、村の平和団体との夕食交流会となった。

この村は、安里村長が平和団体の団長で、自治会・婦人会・青年会などを中心とした村ぐるみの平和活動をしているすばらしい村である。一九八二年に非核宣言もし〝反戦平和の家〟のステッカーを貼ったり、戦跡の基地ガイドの養成、憲法講演会など、平和学習、平和教育に力を入れており、私たちも見習うべきだと感銘した。ここで家族十一人中、ただ一人の生き残りという女性の体験談も伺うことができた。

こうして長く、重い、戦跡めぐりの一日が終了したのである。

沖縄はちょうど花の季節であった。道路沿いに続く赤いハイビスカス、色とりどりのブーゲンビリア、葉のない大木の梢に咲く真紅の花は、沖縄県の県花デイゴの花。

沖縄の海は美しい。沖縄の花々も美しい。しかし、各地に黒い口を開けている地獄の入口。そして、地上では延々と続く米軍飛行場の存在。

沖縄全土の二五％が米軍基地であり、日本全土の米軍基地のうち七五％が沖縄に存在するということを聞くと、本土の私たちの関心の薄さが反省される。

旧くは薩摩藩への従属、大戦中の日本で唯一の地上戦の地、戦後の米軍占領、そして日本への復帰後も広大な米軍基地の存在。

辺境の地ゆえに、本土からは打ち捨てられているという沖縄の無念を感じさせられた旅であった。

（京葉市民新聞・婦人コーナー　一九九〇・七・二十五掲載／六・三記）

アメリカの「第九条の会」

正月休みに、ある雑誌を見ていたら、アメリカに「第九条の会」というのがあることを発見した。日本国憲法第九条のことである。どうしてアメリカにこういう会ができたのか不思議に思って読むと、こういうことだ。

この会の設立者は、オハイオ大学名誉教授、オーバービー博士である。日本国憲法第九条、戦争放棄の理念を、アメリカのみならず世界中に知らせ、広め、各国憲法にも同趣旨の一条を取り入れるよう働きかける会だという。

日本人たる私としてはびっくりした。昨年の湾岸戦争以来、国際協力という名目で、自衛隊の海外派遣が急浮上し、PKO法案、掃海艇の派遣……と、国民の合意がなされないままに事態が進行してきていた。金ばかりでなく人も出す――という意見が声高に語られ、国際貢献の仕方について、自衛隊でなければ役に立たないなどとまで言われている。

そのたびに私は、近くの友人たちと「外国に第九条を輸出すればいいんだ」などと息まいてはいたが、自らはこの博士のように運動を起こす力を持っていなかったことを恥じた。アメリカにはエライ人がいるんだなア、と感じ入った。

日本では同じような学者から、いろいろと憲法擁護論も出ていたが、この博士のように会を組織して、運動を世界に広めようと行動を起こした人はいないと思われた。発言は個々の単発の発言に終わっている。

このオーバービー博士の提言によって、日本にも賛同者が現れ、やっとこの会がまとまったという話だった。しかし、同じ記事の中で、日本でも同趣旨の草の根的な運動が芽生えつつあることがわかった。

参院議員の国弘正雄氏の「憲法を活かす会」というのがあるそうだ。他にも、民間団体で「尊憲」（江戸川区）、「平和憲法を世界にひろめる会」（世田谷区）、「平和憲法を全世界に拡げる会」（中野区）、「第九条を輸出する会」（鹿児島県国分市）などあるそうで、まさしく私の意見にぴったり。やっている人はやっているんだと意を強くした。


ソ連邦の消滅によって、世界の力の構造が変わってしまった今こそ、日本はアメリカに追随するだけの姿勢でなく、世界に冠たる平和憲法第九条を広め、各国政府を説得する信念を強く持ちたいものだと思った。

終わりに、「第九条」を転載しておく。

第二章　戦争の放棄

第九条　日本国民は、正義と秩序を基調とする国際平和を誠実に希求し、国権の発動たる戦争と、武力による威嚇又は武力の行使は、国際紛争を解決する手段としては、永久にこれを放棄する。

② 前項の目的を達するため、陸海空軍その他の戦力は、これを保持しない。国の交戦権は、これを認めない。

（参画視かく　一九九二・一・十）

［追記］

日本を代表する九人の文化人（井上ひさし、梅原猛、大江健三郎、奥田康弘、小田実、加藤周一、澤地久枝、鶴見俊輔、三木睦子氏）が二〇〇四年に発足させた「九条の会」は日本各地に波及し、今や七千五百団体を数えるという。私の所属する「市川・九条の会」も学習会や野外アピールなどを行なっている。アメリカまかせでなく、日本でこそ、この運動は広めたいものである。

（二〇一一・八）

ヒロシマもナガサキもなかった？

またしても、こういう発言に驚かされた。永野法相の「南京大虐殺、でっち上げ」発言である。「でっち上げ」とは何事か！　旧軍人出としては、信じたくない事件だったろう。しかし、すでに歴史的事実として実証されている事件である。

それをなかったことにしようとする、この無知さ、破廉恥さには、ただただ呆れ果てる。しかも、そうした破廉恥漢が、一国の〝法相〟であるということに、激しい憤りと幻滅を私は味わった。


日本人の誇りは、どこへいってしまったのだろう。

第二次大戦が〝大東亜共栄圏の建設という聖戦〟であったという考えは、自民党系政治家の中にはまだまだある。欧米植民地だったアジア各国の独立を促した戦争だったという見方もある。

しかし、当時日本がしたことは、中国においては清朝のラストエンペラーを奉じて満洲国を建設したことであり、これは中国人民の解放ではなく、帝政という封建性の維持に手を貸したことになる。

あるいは、南方諸国のゴムや石油という資源を搾取したことに他ならなかったのではないか、と今にして思われる。そして、その日本の膨張主義のために、おびただしい非戦闘員までもが虐殺されているのである。

戦争に虐殺はつきものだ、計画犯罪ではない、事のなりゆきだったのだ――という考えも一部にあるが、これは卑劣な弁明にすぎない。

たしかに、戦争は人間を狂気に駆り立てる。生死の境の戦場では、人は平常心を持ち難い。しかし、だからと言って、犯した行為を正当化したり、なかったことにできるものではないはずだ。

「誇り」というのは、臭い物に蓋をして歴然たる史実を消し去ることではなく、戦争という狂気だったにしろ、平常心に戻った現在、史実をしっかりと見据えて責任をとるという気高い心根を言うのである。

信じたくはない、信じたくはないが、犯した事実に対して「自分はやった！」と言える勁《つよ》さ、悪びれずに「すまなかった」と言える勁さを持った人こそ、誇り高き人物と言えるのである。

今回、細川政権から羽田政権の誕生を見ていると、恥も外聞もない破廉恥漢が右往左往して、まことに見苦しい。日本の戦争責任に関しては、かろうじて細川首相がやっと謝罪発言をし、眉つば内閣として少しはマシ、と思った矢先の永野発言だったので、私の落胆は一層はなはだしかったわけだった。

今、ドイツでも「アウシュビッツはなかった」と、主張する右翼が台頭しているという。では「ヒロシマもナガサキもなかった、でっち上げだった」と言われたら、われわれ日本人は何と言おう？

早速辞任したが、永野法相ら、第二次大戦における日本の侵略を認めたくない面々には「ヒロシマもナガサキもなかった」と、信じてもらう他はない。

（参画視かく　一九九四・五・七）

米騒動に思う

少し以前から米騒動のニュースで姦しかった。私自身はお米のご飯は一日一食（夕食のみ）だし、仕事で出かけた先で外食することも多いし、お米の買いだめに走りまわる気がまったくなかったので、何の手当てもしていない。

戦中、戦後を通過した身には、国産米でなければならないという気持ちがまったくない。この飽食の日本で、何が米騒動だ！　という気で危機感が少しも湧いてこなかった。

たしかに、昔食べた〝外米〟はまずかったから、今言う〝タイ米〟も普通に炊いては口に合うとは言いかねるだろうと思う。しかし、あくまでもうまい国産米を食べなければならないという執着がない。

「貧乏人は麦を食え」と言った故首相もいたが、現在が「貧乏人は外米を食え」ということなら、怒らなくてはいけないかなと思いながらも、怒りが浮かんでこない。米がなくても他に何でもあるさ、と思ってしまう。

それよりも、何もかもが高級化し、ぜいたく化し、食べきれないまま残飯として捨てられる世の中となってしまっていることのほうに腹が立つ。

たとえばレストランで、幼な児の前に運ばれたアイスクリームは、ガラス器の上に三個も載っていて、生クリームや缶詰の果物でデコレーションされた大盛りなのだ。当然、食べきれないまま残してゆく。

昔あった一個だけのバニラアイスはもうない。食べきれないことはわかっていても、デコデコに飾りつけて七、八百円の高い値段をつけて売り出すわけだ。一事が万事、金の世の中となってしまっている。安くて素朴な食事は、もうはやらない。もうからないことはしない世の中だ。

私はいつも、サンドウィッチもご飯も半分しか食べられない。残りのサンドウィッチは包んでもらい、ご飯は〝半ライス〟と注文する。肉料理も少し残してしまって、もったいないと思うこともある。

ある友人はいつもタッパーを持ち歩いていて、残り料理は全部持ち帰るというが、私もそうしなければならないかなと思っている。

それにしても米隠し、売り惜しみ、米盗人、米よこせデモ、買いだめ、行列……等、世情は悪化しているようだ。古米、古々米のあった時代に農業の減反政策に対し、飢饉になったらどうするのかと、チラと疑問を抱いたことがあったが、その時が今来たわけだ。

しかし、日本のそれは飢饉とは言えない。いずれは沈静化することだが、欲望の固まりとなってしまった日本人を少しは恥じてもいいと思う。
「清貧」という言葉も一時はやった。私自身はシンプル・ライフを己れに念じている。足るを知り、素朴に、謙虚な生を念じている。

（参画視かく　一九九四・三・二十五）

それって、笑える話なの？

少年が少女をいじめ、あげく、死に至らしめるという悲惨な話がときどき起こっている。女子高校生のコンクリート殺人事件という忌まわしい事件もあったが、最近また、軽い障害のある女子中学生を、同級の男女中学生四人が殴り殺すという、これまたやりきれない事件が起きた。

障害のある仲間は、付き合い上さまざまな違和感や不都合も生じるだろうが、これを敬遠することさえ許しがたいのに、暴行殺人とは何たることか……。原因は自分たちの顔を見て「逃げたから」気に入らないという話だ。若い彼らには、いたわりの感情などないのだ。このことに憤りと哀しみを感じていた。

ところである夕刻、喫茶店に入った。隣の席で市川市内の某中学の制服を着た少女が三人、楽しげにしゃべっている。何しろ箸が転んでもおかしいという年ごろだ。流行の早口高声、たまには汚い男言葉も入って、耳ざわりな傍若無人な話しぶりだった。

聞くともなく聞いていた。「〇〇が」と呼び捨てで、級友の男の子の話。化学実験中の話らしかった。

物理化学にはヨワイ私には、理解できない内容だったが、何でも鉄と何とかを熱して化合させると反応を起こして、水玉のようなものができたそうで、

「先生が触っちゃいけねエって言うのにさア、〇〇がピッと突っついたら、パッとそいつが飛び散ってさア、〇〇の目に一ミリぐらいの穴があいちゃったんだヨ」

三人が、キャーッと笑い崩れる。

「目が見えなくなっちゃうジャン」

「キャーッ」

「瞳じゃなくてさア、白眼だったんだって。そんで、おっかしかったのはさア、〇〇の頬っぺタにもポツポツ穴があいてんの。いっぱいだよオ、一ミリくらいの」

「キャーッ」と、またしても三人が高声に笑うのである。もう、キャッキャッと大した喜びようだった。

ちょうど注文の夕食が運ばれてきた。箸をとった私だったが、胸の底から喉元へグーッと固い物が上がってきて、咽喉が締めつけられた。食欲が失せた感じだった。それって、笑える話なの？　と怒鳴りたいのをやっと我慢した。

化学反応を起こして水玉になったものが、一瞬、表面張力を失って四囲にはじけた。白

眼も皮膚も、滴が当たったところは、焼けて小さな穴があいたのだ。瞳に入れば、もちろん失明したろう。

「えっ？　危なかったね！」「こわかったね！」というのが普通の反応の仕方ではないだろうか。「瞳でなくて良かったねエ」という言葉は誰からも出ず、少女たちはこの事件をおかしいことに思っているらしいのだ。おっちょこちょいの男の子が、先生の制止を聞かず、悪戯をして大傷を負った。馬鹿な野郎だ、いい気味だ、くらいに感じているのだろう。

こうした感じ方、反応の仕方が、私には異常に思えた。

自分より弱い者、気に入らない者は、しつこく徹底していじめる風潮が子どもたちに蔓延している。他人の失敗を笑いのめす。しつこいからかい方。そのからかいに、集団が形成される。陰湿だったり、大っぴらだったり。しかし、学校も級友もそれに気づかない。

これは教育や躾の、どの部分が欠落しているのだろう。

それをいじめと感じとる能力が、子ども仲間にも、先生たち大人にも欠けているのか。もう、正義感をもった子どもらは育っていないのだろうか。

私が子どものころ、いじめの物語も多かったが、必ず正義の少年少女が登場した。もとより、「勧善懲悪」の思想が強い時代だったから、いじめや悪には敢然と戦う少年少女が主役で、私たちも彼らに少年少女の理想を見ていた。

現在、子どもの喜びそうなテレビ番組や漫画に多いのは、しつこいお笑い番組の茶化し、からかい。

あるいは、恋だの不倫だのという話から、殺人事件の謎ときの興味。超能力や宇宙物の非現実的な物語などで占められているように思われる。

からかいや喧嘩の限界がわからない。

他人の失敗や弱点を、大勢で笑い話にするのは楽しいこと、親しみの増すことだと思っている。からかわれた側は狼狽し、困惑しつつも、自分も一緒に笑って心の傷を隠そうとする。一緒に笑っているから、ともに楽しんでいるのだと解していて、彼の顔のこわばりに気づかないのである。

繊細な心の動きを感じとる能力がない。楽しみを増すために、からかいはとめどなくなり、耐えられなくなった子どもが集団から抜けようとするときに、集団暴行が生じ、殺人にまで突っ走ってしまうのである。

子どもたちから、小説や物語を読む習慣が消えて久しい。

テレビや漫画の、単純で視覚的な社会文化は、子どものやわらかい繊細な心を育てるのに役立っているのかと心配になる。

大人の世界は、金銭欲と嘘と犯罪に満ちている。誠実さや良心や勇気や正義は、雲隠れしてしまったから、子どもたちだけを責めるわけにはいかないのだが――。

（参画視かく　一九九一・十二・十）

いじめ自殺について考えたこと

昨年の暮れ、中学生の〝いじめ自殺〟が何件か続いた。「いじめではない」と遺書を残した少年もあったが、真相はわからない。

大分以前の体育館マット巻き事件も、裁判では少年たちが無罪になって、何かスッキリしなかった。私はやはり、いじめが犯罪にまで進行したのではないかと思っている。

いじめは「本人が認めない限りは、いじめではない」という教師たちの発言に、胸が冷える感じがした。遊び（じゃれあい）と、いじめとの限界はどこにあるのか、一度すべての学校の教室で、子どもたち自身に討論させたらいいと思う。

小学生は小学生なりに、中・高校生は中・高校生なりに、自分たちで結論が出るまで討論させたら？

大分昔、道を歩いていると、小学校一、二年生が七、八人固まって私の後ろから来た。下校時だったが、中の一人の少年が皆に背を小突かれたり、罵られたりして泣いている。見過ごすわけにいかず、どうしたのかと声をかけると、

「この子は何でものろいんだ」

と、口々に言う。

「大勢で一人をいじめるもんじゃないわよ」

と、つい腹立たしくなった。行く方向が私と同じだったので、つい、

「あんな子にかまわないで、小母さんと一緒に行こう」

と、泣いている子と歩き出した。

またあるとき、本八幡駅の階段の上で四、五人の少年の輪の中に、一人座らされている。私は何か言いたかったが、そのときは急いでいたので横目に見て通り過ぎたが、胸の中がモヤモヤする。ゆっくり双方の言い分を聞いてやれないもどかしさがある。

電車の中で、一人の少年が仲間から追い払われて、連結機に閉じ込められている。初めは双方ともキャッキャッと騒いで楽しげであったが、あまり執拗に追い払うので、だんだん表情がぎこちなくなる。

つい最近はまた、電車で二人の小学生が蹴り合いをしていた。一方が大変しつこくて、片方が逃げて離れていっても蹴りにゆくのだ。しかし、私は下車駅だったので、これも見逃した。

いじめは、幼時から始まっている。しかし、幼児はすぐ決着がつく。負けたほうが泣く

から、よくわかる。

小学生になると、少し見えにくくなる。いじめる側のしつこさに限界がない。しかし、よく見れば、初めは楽しそうにじゃれ合っていても、負け犬は次第に表情が固くなる。笑っていても、それは仕方なしのつくり笑いとなる。

本当はそのことに、いじめ側は気づくべきなのだ。けんか上手は、どこで手を引くか、その引き際の見事さが必要だ。いじめも同様、相手が不快になっているな、という限界を知って、矛を収めるべきなのだ。

しかし、今の子どもたちは、そこに気づくどころか、

「いじめは楽しい。楽しいことをしていて、何が悪い」

ということになる。幼児の本能（野獣性）まる出しで、人格は少しも陶冶《とうや》されてきていないということになる。友だちが死んでも（あるいは殺しても）、自分が楽しければいいんだという刹那主義である。

親も学校も社会も、彼らの教育を放棄している。何でも充たされて、金になればいいという風潮がある。人をだましても、自分がもうかればいいという大人たちのつくった社会がある。だから、大人が何を言っても彼らは白ける。腹の中でせせら笑っている。

大人たちも、自分の都合で金のために邪魔者をどんどん殺している。人が人を殺すこと

に慣れ始めている。

いじめられるほうは、なぜいじめを認めようとしないのか、よくわかる。けんかではなく、いじめ方が大変悪質である。意地悪程度でもない。

「週刊朝日」によれば、中学生の例として、皆で押さえつけ、パンツをむしり取って黒板に貼る、女子トイレから生理用品をとって来させて口にねじ込む、などというものまである。自分の惨めさは、決して親にも先生にも言えない。いじめの実態を告白することは、自尊心のある子なら、死ななければ言えないことなのである。

では、どうしたらいいかという段になると、私にもわからない。ここまで来てしまったからには、国民総反省するよりない。正義感を育てる教育に方向転換するよりない。大人たちは、利益追求の生き方をやめるよりない。

この何でもアリの自由日本で、自己犠牲など馬鹿らしいと思うが、生まれた赤ん坊を抱きしめて、降るような愛をそそぐしかない。幼年期を満足してゆったり過ごしてきた子なら、少しはやさしい子が育つかもしれない。私の学校はミッションだったから、「犠牲と奉仕」がモットーだったのだが……。

（参画視かく　一九九五・一・十五）

子どものサディズムを助長させる日本の社会

神戸の小六少年殺しの容疑者が、十四歳の中三だったというニュースには驚かされた。幼女殺しの宮崎勤も、若くはあったが二十代だ。まして頭部切断して、いわゆる生首を路上にさらすという荒技をしとげるには、中学生では度胸が足りないだろうと思われたから、十四歳という若さに戦慄した。

学校の教師に怒られて、学校に恨みを抱いた上の復讐という自白を聞かされたが、それ以前、猫を殺したり、少女たちを死傷させたり、そのしわざを見てみると、彼の声明文のように「人を殺すのが愉快でたまらない」ようになってしまった、いわゆるサディズムの極に突っ走ったのだろうと思う。

それは現在の学校で進行中の〝いじめ〟の増幅にある。子どもは昔から、トンボのハネをむしったり、猫を尻尾でぶら下げて振り回したり、サディスティックな遊びをした。自分が弱者である子どもは、より弱い、より小さい生き物をいたぶって優越感を持つこともやってきたのだ。

小動物をこわがらせる、いじめるということは、面白いこと、楽しいことであった、という面がある。

あるいは、親の愛を横取りされはしないかと、赤ん坊をいじめる場合もあるが、いずれにしても、成長するに従って理非の判断もつき、自己確立も進み、小動物殺しなどから脱却して大人になるのだ。

ところが、本質的にサディストである子どもが、サディズムから脱却できず、さらに深くその淵にはまり込んでしまう例がある。その意味で、この少年を取りまく環境には興味があるが、少年法の存在もあって「フォーカス」などは読んではならないと自分を戒めた。

少年がホラー小説が好きだったというのは、彼のサディズムを助長させた一因であろう。テレビ、映画、その他メディアの「〇〇殺人事件」ものが多すぎる。時代劇はチャンバラ全盛、生首なども登場する。そして、たまごっち他、テレビゲームの殺人ブーム、死んでもボタン一つで生き返るバーチャル・リアリティと、子どもを取りまく環境には危機感を抱いていた。空しい情報が多すぎる。

少年には彼を可愛がってくれた祖母がいて、祖母の死が少年のサディズムの歯止めをはずしたらしいという論評もある。そういえば、宮崎勤にはやはり彼を愛してくれた祖父の死という、一つの節目があった。ともに父母の愛は彼らには届いていなかったのだろうか。

物を買い与える、一家そろって旅行する――一見、仲むつまじく見える家庭というものの虚構性が、現代の特徴として言えるかもしれない。そこに、本当の愛とはどんなものかというテーマが出てくる。

子どもが、家でも学校でも社会でも、そこにいて本当に愛されているという実感を持つこと、孤独ではない、精神安定を得られる場を持つことができる、そのことの大切さを実感した。

この中三少年事件の解明はこれからだが、われわれ大人たちに大きな示唆をもたらしてくれるだろう。

（参画視かく　一九九七・七・十五）

憂鬱な政治状況

もう、開いた口がふさがらない。政治のことを考えるのが億劫になってしまった――という状態で新年を迎えた。

新進党の六分裂。一月からの政党助成金をもらおうと、大急ぎの政党づくり。友愛、平和、フロムファイブ、ｅｔｃ。何が何やらわからない。純血を求めた新進党の小沢一郎が名のったのが、何と自由党。「自民党を倒せ！」と、自由党と六政党が声を揃える。さて、与党の社民党の立場はどうなるのか、奇妙な存在。

しかし「われこそは野党」と言ったって、根は一つ、同じ穴のムジナじゃないのか？小沢自由党は、もっとファッショじゃないのか？　改憲を目論んで、日本の軍事化をはかろうという主張じゃないのか？

先ごろ決まった日米安保の新ガイドラインが、また曲者だ。「周辺有事」の「周辺」とはどこか。「有事」は戦争のことだ。場所があいまいにされているが、たとえば台湾海峡で中・台紛争が起きれば、当然、米軍は台湾守備のために出動する。

日本の自衛隊は、米軍の後方支援の責務を負わされているから、自衛隊の海外出動もありうるという。もちろん、中国の日本への警戒心を大いに刺激していると伝えられる。日本はどこまで米軍に尽くすべきか。五十余年前、日本は敗戦国で、米国は戦勝国ではあったが、いまだにあのときの上下関係から脱け出られないのは屈辱的ではないのか。最近、日本の民間航空機が米軍機に急接近されたり、追尾されたりするケースが何回もあるという。あるいは、市街地の真上で超低空の訓練をしている米軍機があり、苦情を申し入れても止まないという。

そこに見える日米の関係は、米軍機は日本の上空を制限なしに飛べるという優越性を、日米安保で約束しているからだ。

沖縄の米軍基地の縮小？　とんでもない。米軍基地は移転するだけの話。本土に持ってくれば、それこそ中曾根元首相の唱えた「不沈空母、日本」が実現する。

それでいいのか？

橋本自民党を倒そうという努力が結集したとしても、交代した政権がさらに強力に新ガイドラインを推し進めようとする小沢自由党では、どうにもならない。

新しい六政党が、いくらかリベラルだとしても、小沢自由党を取り込もうとしている点、また自民党と自由党や、政党の構成議員を見る限り、日本の危機は続くのだという見極めを、私たち国民は持っているのだろうか。
はっきりわかっているのだろうか？

（参画視かく　一九九八・一・七）

憲法九条が危ない！

昨年九月十一日のアメリカ同時多発テロ以来、ブッシュ米大統領の強硬な姿勢に、私はずっと危機を感じてきた。

もちろん、あの凄まじいツイン・タワーの爆破と崩壊の光景には、テロへの恐怖と理不尽さを感じ、これは決して容認できる行為ではない、とまず思った。日本の「カミカゼ」と違って、旅客機だから地上から撃ち落とすこともできない。二十世紀とは違った新手のテロの世紀に入ったのかと、ショックと嫌悪感を抱いたのだった。

しかし、ブッシュ大統領の「これは戦争だ」「正義につくかテロにつくか」という高飛車な声明と、「犯人をかくまう国はすべてテロ国家」と見なして武力行使に移るという宣言にも、また納得できないところがあった。憎悪は憎悪を生み、報復は報復を生む。

この時点で「戦争反対」の署名運動にも参加したが、遂にアフガニスタンへの米軍の空爆・地上攻撃が始まってしまった。世界で唯一の巨大国家アメリカの新兵器が、砂と山岳しかない世界一貧しい国アフガンに容赦なくそそがれた。ピンポイントと称するが「戦争だから誤爆もある」とばかりに、一般市民にも、時には外国のNGOや自国の兵にさえ犠牲者を出しながらの戦いぶりには、狂気をすら感じさせられた。

アメリカが空爆しつつ、食糧を投下する無神経ぶりにも驚いた。富める巨大国アメリカは、貧しい小国の民からどんなに恨まれているか。その憎悪を感知できない厚顔さが、私も憎いと思う。同時多発テロも、その憎悪の爆発だった。その根本問題をなおざりにして、武力で圧迫しても、テロの根は絶てない。

それは今、イスラエルとパレスチナの対決が、憎悪と報復の倍々ゲームに陥っていることにも表れている。アメリカは、この二国の対決を公正に解決しようとしなかった。ことに、ブッシュ大統領はイスラエル支持の発言を繰り返してきた。

ここにきて、やっと二国の和平に腰を上げたが、ユダヤ系市民の富と票をバックにした政治家の多いアメリカの政治構造もまた、イスラム諸国の民をテロと流亡に追いやっているのかもしれない。タリバン政権の崩壊により、アフガンに小さな平和は訪れてきたが、今後も世界の混迷と荒廃が続くのではないか、と私は恐れている。

そして、そこに日本の自衛隊の海外派兵がからんでくることが無念だ。

湾岸戦争のときに、国際貢献ということが声高に語られた。以来、周辺事態法成立、そして今や有事法制の立法だという。今回もすでに米軍の後方支援と言いつつ、海上自衛隊は米国艦船に寄り添って戦場近くまで出て行っている。

もはや憲法九条は形骸化してしまってはいないか。その思いにつけいるように「改憲の必要、五十二%」といったアンケートの回答が出てきたりする（NHK　四・四）。

しかし私は、憲法九条に関しては、それこそ〝ガンコに護憲〟を貫きたいと思う。改憲でも論憲でもない。民主党の論憲には糖衣でくるんだ改憲論がひそんでいないか、と不安である。「憲法の枠内だから」と言いつつ、アメリカの軍事政策に追随する小泉内閣には、大きな憤りを感ずる。

選挙のたびに与党が拡大し、国会で憲法九条の議論もなしに次々と立法し、既成事実をつくっている。憲法無視の歩度は政治家も国民もどんどん速まっているように思われ、焦燥を感ずるのである。

私は国政選挙のたびに、憲法へのスタンスを投票基準にしようと仲間に呼びかけるが、政党も候補者も有権者側も、このテーマはあまり真剣に語られないのが残念だ。

さらに今、与野党をひっくるめて政治家の倫理観の欠如がはなはだしい。かつて「ストップ・ザ・汚職議員」活動や、「議員定数是正訴訟」に参加した私としては、清廉高潔な市川房枝氏の闘いぶりに奮い立ったものだった。

私たちは、いかなる人材を国会へ送り込むべきか。政治の根幹はまず選挙にあることも

「理想選挙」という形で教えていただいた。だが、今や有権者の無気力から投票率は低下し、タレント選びの選挙に堕している。議員や政治家の質が問われている。ここには、選挙制度の欠陥もあるのかもしれない。

ソ連崩壊後、一国巨大化したアメリカは帝国主義化しつつあるのではないか、と思われる。イラクや北朝鮮を恫喝しつつ、自らは核の未臨界実験を行ない、自国の国益のみを考えているように見える。そして日本は、と言えば、そのアメリカの属国化しつつあるのではないか。

アメリカは、アフガンや小国に対し、破壊でなく復興に力を用うるべきなのだ。世界の難民に軍拡でなく、富を分けるべきなのだ。「イスラム諸国から米駐留軍は撤退せよ」というテロリスト側の言い分を聞くと、私も「そうだ、沖縄からも撤退して!」と、言いたくなる。日本は、アメリカの傲慢さを指摘し、独自の憲法を持つ立場をハッキリ伝える気概を持たなければならないと思うのである。

（参画視かく　二〇〇二）

福島第一原発事故で考えたこと

「未曾有の」とか「千年に一度の」とか呼ばれ続けた三月十一日の東日本大震災。マグニチュードは史上四位の九・〇。高さ十メートル以上（地形により一部で四十・五メートルも）の大津波の巨大なエネルギーに、青森県から千葉県まで、東北地方の太平洋沿岸では数々の都市が破壊しつくされてしまった。

映像で毎日見続けた大地震・大津波の凄まじさ、避難民の困難と忍耐のシーン、呆然と息を呑むばかりだ。コンクリートビルさえ倒れ、四階まで流れ入った津波、ビルの上に乗って残された大型観光船、きれいに薙ぎ倒されて流れ去った松林、流され打ち寄せられた車、コンテナ、木っ端微塵の家々、この膨大な瓦礫の山、また山。

どこから手をつけたらいいかわからない陸と海。そして、到底見つけ出せないまま瓦礫の中に残されたであろう多くの遺体たちなど、空しさ、悲痛さの募る日々であった。

ちょうど二か月目の五月十一日の被害者記録は、

「死者一万四九四九人、行方不明九八八〇人、避難一一万七〇八五人」（朝日新聞）

と発表されているので、最終的に死者の数は二万五千人に及ぶだろう。

深刻な原発事故の発生

瓦礫は少しずつ片づけられるとして、今回何よりも深刻な問題となったのは、福島第一原発の事故のほうである。

地震発生時、一〜三号機は運転制御棒が入って自動的に運転は停止した。しかし、津波によって発電機が動かず、冷却用の注水が停止してしまったため、炉心露出、温度上昇、水素爆発へと進み、頑丈なはずの建屋の上半分が吹っ飛ぶという破壊が起こり、高濃度の放射線で被曝者が出る始末となった。

定期検査のため運転停止していた四号機の使用済み燃料棒も、プールの冷却が不能となって建屋の爆発破損という事態に陥った。三月十二日から十五日までの出来事である。一刻も早く注水して水位を上げなければならないのに、高濃度の放射線の汚染で作業員が入れない。

建屋の中、格納容器の状態もわからない。海水を入れてもいいのか、どういう方法で入れるか、水漏れ個所はどこか、修復の方法もわからない……と、東電、経産省原子力安全・保安院、枝野官房長官らの右往左往の発表に、焦燥を覚えた連日だった。

上空から建屋の中に水囊《すいのう》で水を入れる方法を試みたが、自衛隊のヘリコプターも建屋の真上にホバーリングさせると被曝の危険があるためか、飛行通過しつつ注水したが、水は斜めに飛沫となって建屋の外に降ってしまう。

あるいはその後、トレンチの水漏れの穴にオガ屑と新聞紙を詰めると聞いたときは、あまりの素人わざに苦々しい滑稽味さえ覚えたが、何よりも暴れまわる原子力を抑え込むには、人間の力はまったく微弱なのだと痛感せざるを得なかった。

その後、キリンとか象とか愛称される首の長い注水車で海水を入れ、何とか水位を保ったかに見えたのだが、水を入れれば汚染水が増えて海に流れ出すという悪循環に陥って、国際問題にもなりかねない。大量の汚染水をあちこちに移したり、梅雨の季節の増水にどう処理するのか、恐るべき事態になっている。

この数日間で、よくよくわかったことは、原発は運転が止まればそれで安全だということにはならない、ということだった。運転を止めても、燃料棒は発熱し続ける。全量を水に沈め、冷やし続けなければならない。

もし、冷水量が不足して露出すると、熱によって互いにくっつき、いわゆるメルトダウン（溶融）して、格納容器の底に溶けて溜まる。すると、一塊の表面は冷えても、中心部の熱は容易にさめないまま放射線を出し続ける。

使用済み燃料を再処理工場に輸送するときでさえ、冷やしながら運ぶのだという。冷まし続けて百度未満の冷温安定を保つまで何十年もかかると聞くと、何と厄介で危険な物質を開発したものだろうと、科学者を恨みたくなる。

しかも、原発は大量の水を必要とするから、海辺に置かなければならず、津波被害は決して想定外ではないのだ。高地の湖の畔に建てたら、という人がいたが、湖に汚染水が流れ込んだら、それこそ一大事である。

原発は決して安全ではない。狭い地震国の日本では、導入すべきではなかったのだ。

折から四月二十六日は、チェルノブイリ原発事故（ウクライナ＝旧ソ連）があって二十五周年に当たった。一九八六年、運転中の爆発と火災で、ヨーロッパは放射能で広汎な地域が汚染され、住民は強制移住させられた。後年、ベラルーシの子どもたちに甲状腺ガンが多発し、日本から医療団が行って治療に当たったこともある。

原子炉は分厚いコンクリートで全体を覆って〝石棺〟としたが、最近は古びて破損も見受けられ、また、放射能漏れが心配されている。広い牧草地や畑地や家も荒れ放題のままらしい。四半世紀たっても、人間の住める場にはなっていないのだ。

そのチェルノブイリ事故のすぐあと、私は「原発より太陽エネルギー開発を」という一文（98ページ参照）を書いた。

私はどうしても、原発と原爆を切り離して考えられない。つい便利な電化生活に浸ってはいたが、原発事故の完全制御のできない現在、到底「核の平和利用」の一言で、原発を信頼する気にはなれない。

今回の福島第一原発事故で「チェルノブイリは運転中の事故、福島は停止してからの事故だから、規模はチェルノブイリより小さい」と発表されていたが、四機ともメルトダウンを起こす段階までいってしまったことがわかって、結局、最悪、チェルノブイリと同じレベル七まで引き上げられた。

石棺ならぬ〝水棺〟にして埋葬（廃炉）しようとしたが、それに失敗し、手こずっている。そして、風向きか地形のせいで高濃度の放射線にさらされている地方、飯館村などにも避難命令が出された。

しかし、多くの牛たちをどうするのか、酪農家たちは悲痛な覚悟を迫られた。

一方、建屋内に入った決死の作業員の中には、内部被曝者が出るようになった。精密検査をすれば、このケースはもっと増えるかもしれない。恐るべきことだ。

爆発によって飛び散った放射性物質については、半減期が八日と短いヨウ素一三一もあるが、半減期が三十年と長いセシウム一三七の存在が厄介だ。人はふだん、自然界から年間二・四ミリシーベルトの放射線を浴びているそうだが、これを一時間に直すと〇・二七四マイクロシーベルトに当たるという。

数にヨワイ私には数値も単位も換算もできなくて、新聞の放射線量地図を眺め一喜一憂するばかりだ。牛乳、ほうれん草、コウナゴなどに代表される食品の出荷制限で、毎日しぼった牛乳をジャブジャブ地中に流す酪農家、青々とおいしそうなほうれん草も捨てなければならない。

生産者の無念を思う。そう言えば半世紀前、アメリカのビキニ環礁での水爆実験に遭遇した日本漁船が焼津港に帰港した際、被曝した多くの魚が廃棄処分されたことまで思い出された（一九五四年、第五福竜丸のこと。久保山愛吉さん死亡）。

今回の原発事故が、死の灰を直接かぶったこの事件とは一緒にならないが、やがては大気が汚染され、土地が汚染され、地下水や川や海も汚染されて、長い年月、汚染の連鎖が止まらないことはわかりきっている。

六月一日の新聞には、水産庁が魚のストロンチウム検査を始めた、という記事が載った。汚染が海の表面から海底まで広がり、小魚からヒラメなど海底の魚にまで広がっているという。ストロンチウムは骨に溜まり、人体に入ると白血病の原因となりやすく、しかも半減期が二十九年だという。

海藻もまた放射性物質を溜めやすいと聞けば、海藻好きの私は情けなくなる。一発の原爆と違って、連日の放射性物質の噴出は、何としても早く止めてもらわなければならない。生産者には気の毒だが、消費者側としてはモニタリングを怠らないように、と言っておきたい。ことに、幼き者、若き女性たちを汚染から守らなければならない。

ドイツは脱原発を宣言

五月二十六日、フランスのドービルでG8サミットが開催され、菅首相が出席した。今回のサミットは当然、原発が主要テーマになり、菅首相に冒頭スピーチの場が与えられた。官首相は五月六日、突然のように静岡浜岡原発の運転中止を中部電力に要請し、中部電力もこれを受け入れたので、日本も脱原発に踏み切ったかと意を強くしたが、そこまでだった。

サミットで菅首相は、「再生可能な自然エネルギーの拡大を」と主張したというが、何しろ主催が原発大国のフランスなので、世界が一気に脱原発へ——とはならなかった。推進国はロシア、中国。アメリカは現状維持のようだった。

しかし、ドイツはすでに脱原発を目指し、二〇二二年までに徐々に廃炉に、スイスも二十年ぐらいで全廃を宣言。ＥＵ諸国には脱原発国オーストリア、近ごろ国民投票で脱原発を選んだ国イタリアもあり、他の国々も原発の危険性に目を向け出したという。

日本には五十四基の原発がある。三・一一の大震災後、定期検査で運転停止もあり、稼働していたものは二十基弱となっている。

「原発がなくなれば電力不足になる」と声高に言われ、二酸化炭素を出さないクリーンなエネルギー、とか、安いエネルギーとか言われて、つい原発オンリーと思い込まされてきた。三〜四月は電力不足で計画停電も行なわれ、戦時中まがいの不便も味わったが、大震災の被災地を思えば、何のこれしきのこと。

六月、いまだに駅のエスカレーターが止まっていたり、コンビニの灯りが少し不足していたりするが、今は節電が少し身についてきている。むしろ、日本はぜいたくのしすぎ、電力の使いすぎだったという反省が大いにあって、原発が全部なくなっても他の自然エネルギーで十分足りるのだ、という声を聞けば、老朽炉から順に廃炉とし、ここではっきり政策転換をはかってもらいたい。

福島第一原発は一九七一年の営業運転開始で、もう四十年になる。原発の耐用年数は初め三十年と言われたのを、四十年に延ばしたのだそうだが、とするともう老朽化していたわけだ。あの大地震だけでも配管にヒビが入っていたかもしれず、大津波にも無傷でいられたはずもない。

小さい穴やヒビでも、放射線や汚染水が漏れ出るのは当然のことだ。一〜四号機とも廃炉とは決まったが、まず穴を見つけて水漏れを防がなくてはならない。冷やし続けて安定させなくては、廃炉にもならない。

長い年月のかかることなのだ。チェルノブイリの〝石棺〟が二十五年たっても、おぞましい放射線をはらんでいるように――。廃炉には「数十年から百年かかる」（英科学誌）といわれては、何というおぞましさだ。


今回、当事者として東電の発表は、はなはだ不明瞭だった。私は数値はまるきり覚えられないが「計算違いだった」と訂正が入ったり、素人目には高濃度かと思えたが「人体に影響ありません」と、いつも過小に発表している。

時には「パニックになるといけないので」と、思わず隠蔽を露呈したような発表もあった。最も呆れたのは、一号機への注水中断がまるきり嘘だったことだ。初めは、

「菅首相の命令で中断した」

と言い、

「命令していない」

と反論されると、

「官邸に派遣していた社員から『首相や周辺も海水を入れることにＯＫしていないようなニュアンスなので、中断したほうがいい』と言ってきたので」

と、弁明を変え、

「周辺にも、そんなムードはなかった」

と、また反論されたが、あとは藪の中だった。

海水を入れると錆びるかも、という躊躇が一般にはあったかもしれないが、その五十五分の中断がメルトダウンの大事を引き起こしたのではないか、と国会で問題になり、菅首相は野党の攻撃を受けた。

このメルトダウンも初めは「ない」という発表と、いや、そういうメモが現場に残っていたというメディアの記事もあったが、東電は一切を隠していた。そして五月の下旬、突然、

「注水中断はなかった」

という発表となる。現場の吉田所長が、専門的な判断から注水を続けたという話で、それは正しい処置だったとは思うが、なぜ今ごろになって発表かと問えば、

「近々ＩＡＥＡ（国際原子力機関）が査察に来るというので、正しい情報を発表したほう

がいいと思ったので」

ということだった。

ＩＡＥＡが来なければ、誤った情報のまま放っておくつもりだったのか。菅首相が国会で集中攻撃を受けている最中、すぐ訂正すべきではなかったか。

初め、原発に関する発表は、原子力安全・保安院の方と枝野官房長官だった。私は保安院の方を東電の社員かと思っていたが、経産省の所属と聞いて政府側の人とわかった。東電側は不在で、東電の思惑を丸呑みした発表だったわけだ。

本当は東電を監視する立場にあるべき部署だったと、あとで聞いた。この点に関し、六月一日、ＩＡＥＡ調査団の報告書にも、保安院の独立性を明確にするよう指摘されたという。そして六月五日のニュースでは、一号機原子炉建屋内の放射線量が毎時四千ミリシーベルトを計測。これは一時間いると半数が死亡する高濃度だという。

もちろん人間は入れず、ロボットによる計測だが、高濃度の瓦礫や汚染水はどこに封じ込めればいいのだろう。

この国難にも等しい時期に起こった永田町の政権争いには呆れ、かつ腹立たしさを覚えた。たしかに、復興は遅れていたが、菅内閣への不信任案提出には、ドサクサにまぎれて政権奪取を狙う野党と、民主党の不満分子・小沢派の思惑が結びついた醜い政争だった。

しかし、小沢派は欠席や棄権で数を減らし、六月二日の不信任案は賛成一五二、反対二九三で否決された。一応、解散・総選挙は免れたが、そこには小沢派に対する管首相の辞任が条件として残され、なお辞任の時期をめぐって政争の火種が残されている。

次の首相は誰なのか。どういう内閣ができるのか。大災害の復興について、日本中の原発について、エネルギー政策について、私利私欲のない人物を望んでいる。そして、次なる政権には、ドイツとは電力事情が違うとはいえ、メルケル首相のようにはっきり脱原発の方向性を示してもらいたい。

日本の未来のために、地球の未来のために――。

（二〇一一・六・六）

＊

原発事故から五か月たった。恐れたとおり放射能汚染は拡大し、一向に収束に達していない。その後のニュースから気になる点を列記しておきたい。

①食品のセシウム汚染……静岡県の茶葉、汚染された稲藁を飼料とした牛肉などがクローズアップされ、出荷停止となった。これは飼料が原因なので牛の飼育地は全国に散らばっている。八月からは米の収穫期に入る。千葉県でもセシウム検査を始めている。

②内部被曝……セシウムは人体の外部だけでなく、呼吸や食事で体内に入りこむ。内部

被曝のほうが深刻だ。住民全員のホールボディ検査を始めた地区もある。七月二十六日、食品安全委員会は「生涯の累積で百ミリシーベルト以上」が限界だと答申したそうだが、どう測ったらいいか。大人の場合、子どもの場合、計算のしようもない。また原発作業員の中には名乗り出ない人も多いという。生命の危険を放置しておいては人権問題とも言える。

③汚染水、汚泥の行方……原発敷地内の汚染水はどうなっているのか。米・仏両国から導入した循環冷却システムは故障ばかりして不安だったが、八月十日やっと安定稼動しはじめたという。しかしまだ微量の水もれがあるとも。汚染水を海にあふれさせることもなく、除染をし、循環させ、燃料の安定冷却が可能になったとしても、そこから出る汚泥はどこに捨てるのか。

④九州電力玄海原発再稼動の中止……六月二十九日、海江田経産相は佐賀県知事と会見。「国が責任を持ちます」と確約して再稼動を促した。直後、菅首相がストレステスト（安全性評価）を要求し、再稼動は急遽中止となった。野党ばかりでなく閣内にも首相への批判が多く、菅首相の「脱原発」は「減原発」へとトーンダウンの感じがしたが、当然ストレステストはすべきだろう。この際に九州電力の「やらせメール」が発覚し、知事も保安院も加担していたと聞いて、戦争中の情報操作を思い出した。

⑤安全庁独立……IAEA指摘の原子力安全・保安院の独立問題は、八月、原子力安全庁として環境省の外局に新設された。しかし完全な独立とは言えないとの批判の声がある。

⑥菅首相退陣……駄々っ子のように菅おろしを叫ぶ野党により国会審議が進まず、遂に民主党内からも首相退陣の声が高くなった。首相は「私をやめさせたいなら二法案を早く通してくれ」と野党を挑発。市民運動家らしい粘り腰を見せたが、結局、民主党は子ども手当てやマニフェストなどの見直しを条件に、自民・公明両党に対し大幅な妥協をはかった。八月三日「原子力損害賠償支援機構法」がやっと成立。八月十一日、自・公・民の三者政調会長により「再生可能エネルギー特別措置法案」と赤字国債を発行するための「特例公債法案」の二法案への合意がなされた。八月二十六日には成立の見透しとなり、これで菅首相退陣の条件が整った。

とは言うものの、私の心は釈然としない。一方に国難ともいうべき被災地があり、救済を待つ多くの被災者がいるのに、一方では法の審議を政争の具としているような政治家というものの存在に対して……。

八月十一日被害者数、死者一万五六九〇人、行方不明四七三五人（朝日新聞）

無力の私には原発も原爆も、核のない世界を、と祈るしかない。（二〇一一・八・一一）

第三章

気になる記

肉体と心・精神・霊魂

自分が肉体を持っているということが、重荷に感じられてならないときがある。

生来が虚弱であり、子ども時代から午後になると頭痛が起こるのが日課であり、風邪だの下痢だのと病むことが多かったので、体操の時間にも見学が多く、子どもの特権である肉体の躍動による喜びということを知らない。

人並みなスポーツもできないし、大人になってからも、仕事も遊びも、そのあとの肉体的な苦痛を考えると徹底してできなくて、ついつい中途半端になってしまう。

しかし、その肉体的な痛みも、医者の見たてによると心因性のものだから、仕事をやめない限り治らないと言う。たしかに、仕事を持たずに一週間ほど田舎でのんびり暮らしていると、頭痛も歯痛も背中の痛みも次第にやわらいでくるが、休暇を終えて都会へ戻ってくると、その当夜から頭痛が始まるのが常だった。

仕事で疲労が重なると、私の肉体は一個の帯電体となって、膨張・充満している感じになってくる。もちろん、微熱も出るが、何よりも全身にわたる痛みに耐えられなくなる。

心因性だと言われたので、慶応病院の心療内科に、暗示療法の訓練を受けに通ったこともある。

たしかに、痛む最中「痛くない、痛くない、気分爽快！」などと、心の中で繰り返してみると、数瞬、痛みを忘れていることもあるが、忘れっ放しにならないで、すぐまた痛みが戻ってくるのをみると、この療法も会得せずじまいだった。

自分の肉体が自分の意のままにならないということでは、現代病の自律神経失調症を子ども時代から病んでいたのだろうと思う。それが過保護のもたらした病いというなら、それも本当だろうと、自らを省みて考える。

で、肉体がなければ楽だろう、と考えるのだ。

それとは別にもう一つ、子どものころから容貌やスタイルの美醜を話題にされることが嫌であった。そういう目で眺められるのは、自信のまったくない私には不快なことだったし、だから、私も美人よりも〃いい顔〃の人に好感を持つようになってしまった。目の輝きのいい人、笑顔の美しい人、気持ちのいい人……という具合に。自分もそうありたいと願ったが、鏡を見るたびに幻滅してしまう。

だから、肉体などなければいいのに、と思う。

肉体が醜く、病みがちであることは、精神に大きく影響してくる。挫折感、不遇感に苛まれる。どうしても下向きになってしまう。私の詩の結末が、いつも下向きになってしまうのは、そのせいだろう。だから駄目なのだ、精神がなっとらん、生き方の問題だ――といつも合評会で指摘を受けてしまう。

わかっているが、やめられないのである。そこで無理に上向きになろうとしても、私には嘘になってしまうからだ。

しかし、肉体は弱くても精神は強靭でありたい。また、そういう見事な生き方の人も多いのだが、私はまだそこまで至っていない。もっとも、この強靭さには二方向あって、戦闘的で征服欲に充ちた強靭さもあるが、反対に耐えるというネガティブな方向のものもある。私は明らかに後者のタイプなのだと思う。

その意味では、日々、肉体的な苦痛にも耐え、不遇感や孤独にも耐えてきて、ともかくも精神のコンピューターが破裂しないで今日に至っているのは、まずまずである。

最近、電車の中などで独り言をいう人によく出会うが、これも無気味だ。酔っているようでもないのに、目に見えない相手としゃべっている。それも、ひどく怒っていて、対話のように間隔のある叱声が洩れてくる男性と隣合わせになり、私は次の駅で下りるふりをして席を立ったことがあるが、彼には、そのケンカの相手の声が聞こえているのではないかと思う。

一言で「ノイローゼ患者」と名付けられ、時に刃物を振るったり、人を傷つけたりするが、彼らには私たちには見えない敵が見えており、聞こえない声が聞こえているという、こわれた精神の働きが、不思議でならない。


私は若いころ、よく幻覚・幻聴のような夢を見た。自分は今、自分の部屋で床に就いている。そのかたわらに人がいて、しゃべったり、私の体に触れたりする。あ、夢を見ているなぁと思って、いやな夢から早く覚めようと努力して、私は目を開くのだが、開いても、その人影（一人のときも数人のときもあり）は消えず、室内の情景は変わらないのである。たまには、布団の上にのしかかられ、それを振りはらおうとして空しく苦しむこともあるが、それらはしょせん夢なのだが、普通の夢とは明らかに違って現実感が濃い。どうしても、幻覚・幻聴としか言いようがない。人によっては、これを〝幽霊〟と呼ぶのではないかとさえ思う。

ノイローゼ患者の相対している敵も、ちょうどこんな具合なのだろうか、手を振りはらい、相手から逃れようとしたり、逃れ切れずに相手と斬り結んだりする。その空しい精神の働きは、風車に挑むドン・キホーテと同様だ。周囲の者にはバカバカしく無気味なことも、彼には真剣な戦いなのだから。

もし、その幻覚や幻聴が恐ろしい敵のものでなく、自分に至福をもたらしてくれるようなものだったら嬉しいだろう。私もその声を聞きたいと思うのだが、現代は一人でニヤニヤ思い出し笑いを続けている青年なども多く見かけるので、それもまた無気味なのだ。自分ひとりだけの喜びに浸っている人も、やはり狂ってしまっている。

せめて、この苛酷な現代生活の中で、正確な状況判断の力を失わないだけの精神の強靭さを保ちたいと思うのだが……。


私はミッション・スクールに学んだが、無宗教のまま過ごしてしまった。それなのに、山川草木に宿る八百万の神々は好きなのだ。一神一仏への信仰ではなく、目には見えないそれらの存在は感じたい気がする。しかし、他人を恨むたちではないので、幽霊とか怨霊とか、そういうオカルト的な感覚は持っていない。

だから、霊魂という言葉も、あまり好きになれない。霊と魂とを別々にするなら、多少異なってくるが、霊魂というと、何となく怨霊的な感じが入ってきて、いやなのである。

私は来世を信じない。極楽浄土も地獄も信じない。輪廻転生も信じない。だから本当は、死後をさまよう霊魂なども信じたくないのだが、苦しいときには死んだ父に祈ったりしてしまう。自分自身も、死後は、肉体を失っても見えない生前のままの姿で、宇宙空間を浮遊し、あちらこちら眺めに行けたらいいと、子どもっぽいことを考えてしまう。

いや現世でも、私には肉体はなくてもいいのだ。精神があって、それによって他人とつながることができれば。しかし、その精神のつながりということが難問だ。友人たちと一緒にお茶を飲んで、ひとときを楽しく過ごす。肉体は彼らと同じ場を共有している。しかし、精神のほうはどうだろうか。

人はそれぞれあまりに違いすぎる。しょせんはある短い時間、ある小さな場だけでの共有はあっても、他人の精神を丸々所有することも、自分を所有させることもできない。

そのために、精神はそれぞれ自立していなければならないし、強靭でなければならない。私が今願うことは、自分がたとえ逆境にあっても、やわらかな心で万物を受けとめ、強靭な精神で理性的に物事を裁きたいということである。そして、肉体を失った後には、怨霊ではない、上の部の霊魂となって、永劫の虚空を遊泳したいということである。

（花・現代詩三十号　一九七八・六）

遺骨の意思

三月十七日の新聞で、志賀直哉氏の遺骨が何者かに盗まれたというニュースに接し驚いた。と同時に、不快の念を禁じ得なかった。それはあのとおり潔癖で、それにいささか疳性でもあったらしい志賀氏のことだから、遺骨とはいえ、見知らぬ他人にいじりまわされる不愉快を、さぞや！　とわが身に引き寄せて感じたためだ。

何しろ新聞でも報じている。「私は灰になった後でも、焼場のきたない骨壺に入れられる事は厭わしく……」と『実母の手紙』という短篇に書いてあると――。そのため、わざわざ陶芸家・浜田庄司氏に頼んで、骨壺まで焼かせたほどなのである。

私は志賀氏ほど高尚な趣味は持たないから、焼場の白い骨壺で十分だが、それでも死後、理由もなく無関係な者にさわられるのは、やはり不愉快に感じられてならない。それはごめんをこうむりたい、という気持ちである。

それが、どうもおかしいのだ。今まで私は、死んでしまえばそれまでよ、と思っていた。死んだ者が何をジタバタしたところで始まらない、どうぞ生きている者たちでご自由に

――と、潔く覚悟を固めていたつもりだった。それが、どうも危くなってきた。骨になる前、これでは臓器提供などできないのではないかと、覚悟の足りなさに気づいている。

最近ちょうど、戦争中の巨大空母〝信濃〟撃沈のドキュメンタリーの校正を頼まれて、当時の死者たちに思いを馳せたことがあった。それは大洋であれ、大陸であれ、孤島であれ、家族の墓に帰りつくことのできなかった遺骨たちのことである。彼らの墓は空っぽである。彼らはそこにいないのである。

志賀氏のように、あるいは平時の死者のように、まず墓に納まることすらできない。戦争だけでなく、災害や大事故の場合もある。とすれば、人はどこで死に、骨はどこに置かれようと、いたし方のないことなのか？　私はここにいるのはいやなのです――などと、骨になってからまで騒ぎたてるのは見苦しいことなのだろうか？

しかしそれでもなお、遺骨は親しい家族のもとへ帰りたがっているのだろう、と私は思う。すると突然、十五年前、焼場からタクシーで、父の遺骨を抱いて戻ったときのことを思い出した。私の膝の上で、父の骨壺はまだかなり温かかった。骨壺が冷え冷えとしていないことで、私は幾分慰められつつ家に戻ったが、父は生前、田舎の共同墓地を嫌って、

「死んだら、お前たちのいる市川にゆきたい」

と語っていたので、私たちは遺言どおりにした。その父の遺骨が行方不明になるとした

ら、子としては不安である。腹立たしい。

志賀氏の遺骨が、どれほど熱狂的ファンの手もとにあったとしても、それは志賀氏の本意ではない。もちろん、遺族の本意でもない。ましてや、浜田氏の壺のほうがお目当てで、志賀氏の遺骨が粗略にされているのでは耐えがたいではないか。

遺骨は物質でなく、人間の存在に変わりないのだ、と私は思いたい。遺骨が望む場に納めてやりたい。死者は死者の家に葬らしめよ、と言いたい。何百年、何千年前の遺跡や、家族も納得した上での学術研究上の発掘は別として、他人が無断で墓をあばき、遺骨を自由に移動させるのは不遜なしわざではないか。

遺骨は抗議の声をあげないからといって、生者が死者の意思をみだりに踏みにじっていいものかという思いが強い。かつて三島由紀夫氏の遺骨も盗み出され、公衆便所近くの土中に埋められていたという事件もあった。

いやなことだ。どんな主義主張の人物であれ、死後は、死者としての安息を守ってやりたいと、此岸の者として思う。いずれ自分も彼岸へ移る身として、ことさらにそう思った。

以上の原稿を書いてしまった一日後、同じ青山墓地の中で、白骨が捨てられていたというニュースに接した。これが志賀氏の遺骨かどうか、ＤＮＡ鑑定をするという。もし、志賀氏の遺骨なら、やはり浜田氏の骨壺目当ての盗みだろうか。物質に目がくらんで、人間の尊厳を無視した者のしわざだったのか。事件はまだ継続中だが、私はまたしても深い不快感を抱かせられている。

（光芒通信　一九八〇・六掲載／三・二十一記）

夢の客

ある朝、起きて母の部屋にゆくと、テーブルの上にお茶の葉が少しこぼれている。茶筒はいつもどおり、茶箪笥の中に収まっていて、母はまだ眠っていた。

もう日が高いので母を起こし、雨戸を開け、

「ゆうべ、夜中にお茶をいれたの？」

と、聞いてみた。目覚めた母は苦笑いして、

「昨日はT先生が来たから、お茶をいれたんだよ」

と言う。

「ユメ？　T先生は死んじゃってるもの、来るはずないでしょ」

と、私も笑ってしまった。

それにしても、夢を見て、夜中に床から起き上がり、電灯をつけ、茶箪笥から茶の缶を出して急須に入れ、缶は茶箪笥にしまい、そして床に入って眠ったらしいのだが、夢の続きの一連の行為を、それだけ長々と演じ続けたということに驚いた。

米寿の母は、寝入ってからの数時間は非常によく眠る。寝息をたてて、私が部屋に出入りしても目覚めずにいる。しかし、目覚めぎわ、眠りの浅くなったときにはいろいろ夢を見る。

朝四時に母のベルで起こされた。冬のことで、具合が悪くなったかと、綿入れ羽織をひっかけてあわてて下りてゆくと、暗闇の中で、

「玄関に誰か来ているから、出てみて」

と言う。

「こんなに早く誰も来ていないわよ」

と言っても、

「今ドアを叩いたから」

と、言いはる。外はまだまっくらだ。

「また夢を見たんでしょ」

と言っても、

「夢ではない」

と、しまいには怒ってしまうのだ。もちろん、ドアを開けても誰もいない。新聞屋さんでしょうとか、猫か犬でしょうとか、

「とにかく誰も来ていないし、ドアを叩く前に門のチャイムを鳴らすはずなのに、鳴らなかったから、人が来たんじゃないよ。安心して眠りなさい。まだ朝になってないからネ。私ももう一眠りするからネ」

と落ち着かせて、私は二階に引き上げた。

二晩おいて次の朝、ひどく機嫌が悪い。何かと思ったら、

「ゆうべ夜中に誰か来た」

と、また言う。午前二時ごろ玄関のドアを叩いたが、返事をしないでいると、ドアの下のほうを蹴るような音で叩いて出ていった。ハアハアと荒い息が聞こえた——と描写がだいぶくわしくなってくる。

つまりは、女所帯の私の家へ男が忍んで来たと、母の固定観念は固くでき上がってしまっていた。しかし、私を起こすベルを、母は鳴らすことをもうしなかった。この「誰か来た」は何回かあったが、母を納得させる手だては見つからなかった。

その冬は母もだいぶ弱って、次第に床から起き上がらなくなり、食事とトイレ以外は寝たきりに移行したが、少し具合が悪く、一人ではトイレにも頭が上がらなくなったため、母の部屋のこたつで、ごろ寝する夜が続いていた。

母が目覚めぎわに寝言を言うのも知った。ある夜半、母が突然、わりにハッキリと「カ

モマチで来た？」と言った。カモマチというのは母の生まれ故郷にある加茂神社の祭りのことで、田舎では「祭り」のことを「マチ」という。

この祭りは四月十五日であったから、「まだカモマチじゃないよ。カモマチは四月でしょ」と答えると、母はフフフと小さく笑って「そうだ、そうだったねエ、おばあちゃん、もうろくしちゃって……」と、まだ含み笑いしている。

その言い方は母らしくない。私に対して自分のことを「おばあちゃん」とは言わない。口調に甘い媚があって、他人の、それも小さい子に話しかけているようだった。

しばらく母は黙っていたが、すぐ「あんた、どこの子？　なんて名前？」と聞かれたので、私はハッとわれに返った。あ、寝言だったな、と急いで母を起こしてやった。

やはり、夢を見ていたのだった。小さい女の子がいたから声をかけたら、返事もハキハキして可愛いかった、親戚のどの子だろうと、名前を知りたかったというのだった。

「お母さんの寝言はハッキリしているから、寝言とは思わなかったわ」

と、二人で大笑いした。

寝言でときどき「どなたさまですか」という。来客の夢を見ている。母にとって、その客は嬉しい客か、恐ろしい客か知らないが。しかし、幾晩か添い寝をし、寝言を夢だと確認させたことで、夜中に誰か来たと騒ぐことはしなくなった。

もう、言葉だけでは理屈は通らない。一つひとつ、その場で確認させないと「私をもうろく扱いする」と、母は怒るのだ。「説得より納得」だそうだ。せめて夢の客は、母にとって嬉しい待ち人であればいいと思うのだが。

（はがき通信　一九八七・十二）

卆寿の翁に聞く健康法

私の属する市川市婦人問題懇話会（その後、市川女性問題懇話会と改称）の福祉部会では、ここ数年、老人福祉の問題を勉強している。そして、昨年から二か月に一回、「言いたい放題お年寄りの茶話会」を開き、お年寄りの言い分を伺うことになった。

三月二十六日には、明治三十二年生まれ、数えで九十歳だから卆寿だという男性が見えて、髪は真っ白だが顔の色艶はよく、口も頭もカクシャクたる見事な老いぶりに感嘆した。

彼は東京で呉服屋を経営していたが、店はすでに息子に譲って隠居の身である。末っ子の一家と市川市に住むが、ビルの二、三階が末っ子の住居、四階が老夫婦の住居という、いわゆる今はやりの同居・別居である。妻も八十五歳になっているという。妻のほうは耳が遠く、足も不自由となっているので、外出はしたがらないということだった。

多趣味、好奇心、集中力、というのが、この人の本質と見た。さつきの手入れに朝から熱中している。夜は習字である。格言や名句を、しおりのように書いてコピーし、常に何十枚も懐にしている。外出先で親切を受けたり、気脈の通じた人にそのしおりを分ける。

私たちも一枚ずついただいたが、私の分は変体がなで、私にはよく読めない狂歌だった。

健康の秘訣について、二つだけ紹介しておく。

一、腹八分目というが、週に一回は暴飲暴食せよ。八分目でいると胃袋はそれに馴れて小さくなる。その八分目……と、だんだん小さくなって、これではエネルギーが下降してしまう。

一、老人になると体が酸性化する。酸性の体は病気をしやすくなり、病気にかかると治りにくくなる。したがって、これを弱アルカリ性にしなければならない。そのために、米酢一合によく洗った卵の殻一個を入れ、約一週間おくと卵の殻は酢に溶けるが薄皮は残るから、それを取り除いて、その液を毎日飲む。一合を六日間で飲みきる分量がちょうどよい。

生《き》で飲むのは飲みづらいと思うなら、水で薄めるか、少量の砂糖を加えてもよい。これを三か月続けると、弱アルカリ性となって肌もつやつやしてくる。

ということだった。どうぞお試しあれ。

（はがき通信　一九八八・四）

物の怪退治物語

八月の末、興味深い体験をした。

事の起こりは、一枚の新聞折り込みのチラシにある。「高野山心願寺の相談会」とあって、八月二十一日〜二十七日、市川グランドホテルで林道山という僧侶が、悩める人々の相談にのってくれるという。相談料三千円というのも明記してあって好印象を受けた。

私は元来、占いとか因縁とか、そうしたものには興味がない。しかし、私の母はときどき物の怪に憑かれたようになることがある。原因は自分に孫がないから家がつぶれる、ということを苦にしているのである。

そこで、親戚の誰彼を養子にせよとか、あの子を連れてこい、その子とは付き合うな、縁を切ってくれとか、突っ拍子もないことを言い出して駄々をこねるのである。

当人の苦しみようが激しいから、ふと私は思いついて、この相談会に行ってみて、そのときの私の対応の仕方を教えてもらうか、あるいは私に都合よく「それは祖先から決められた宿命だからどうにもならぬこと。一切を娘さんに任せなさい」というようなお墨付きでもいただいて、母をなだめようとしたのである。

というのは、九十歳に近い母には、こうした土俗的な占いや祈祷が案外きくかもしれないということ。昔、まだ幼かった私が病気をしたとき、私の代わりに私の服を持って町の祈祷師に平癒を祈ってもらい、そのありがたい服を私の病床にかけた、という行為のあったことを思い出したためであった。母自身も、

「自分は何の因果でこう苦しむのか占ってもらいたい」

と言ったことが何度もあるので、今回思い切って行くことにした。


さて当日、午後二時半ごろ市川グランドホテル八階にゆくと、エレベーター前に受付が出ていて、物腰やわらかな男性が一人いた。先客が二人いて、私は三時半ごろホテルの一室に迎え入れられた。

室内（和室）にはキンキラキンの祭壇ができていて、中央に目のギョロリとした小柄な四十年配の僧侶が一人座っていた。私が母の状態や悩みを話し始めると、途中でパッと彼はさえぎって言った。

「あんたのお母さんは祖先の深い因縁からそうなっていて、死んでも成仏できません」

「ええ、そうだと思います。しかし今現在、もう少しあの苦しみを和らげてやりたいので

す。私がどうしたらいいか」

と言いかけると、

「あんたにできることは何もありません」

と、ピシャリと言われ、私は絶句した。

「あんたは何もせんでいい、することは私がします。しかし、本当にあんたはお母さんの心を救いたいと思っとるのか！」

と、もの凄い迫力で言った。私も本心を見破られまいと、「ハイ！」と力を込めて答えてしまった。すると彼は、卓上の水晶の数珠を左手にかけ、目をつぶって合掌せよと命じたので、私はそのとおりにした。

お経は短いものだったが、意味不明のお経の朗々たる声を聞きつつ、ああ母は哀れだなあ、私がこう祈ることだけで少しはよくなるのだろうか、と、私も一心に祈る心に引き込まれるうち、ついつい涙が出てしまった。

気取られまいとしたのに、お経の終わったときは鼻もグジュグジュ。「失礼しました」と謝ってハナをかむやら、あふれる涙をハンカチで拭うやら、二目とは見られぬ有様となっていた。彼はちょっとやさしく、

「哲子さんはやさしい人ですねえ」

と言った。

私は林道山という僧の顔を見る勇気が出なかったが、少し心が慰められた。

彼はほんの少しの間、沈黙した。しかし、すぐ脅かすような口調で、

「だけど僕は、あんたが本当にお母さんを救いたいと思っているとは思えないんだよ」

と、叱咤した。私はギクリとして思わず泣きはらした目を上げて彼を睨んだ。いや、睨む目付きになったのだろうと思う。彼はさらに威丈高に、

「僕は、あんたの涙だって、そら涙だと思うよ」

と、追い討ちをかけるように言った。

私はまた目を伏せてしまった。何と反撥していいかわからなかった。頭の中がカーンとなった。事実、私の心には、それほどの真剣さはなかったから、見透かされたという狼狽もあった。何とかなればしてもらいたい、何ともできなければ仕方ない——その程度の思いで出かけてきただけなのだ。それを気取られないようにしなければと思っていた。

すると彼は少し口調を改めて、

「あんたが本当にお母さんを救いたいと思うんなら……私たちは明日から朝夕、千日の間、行《ぎょう》に入りますよ」

と言った。私はそう言ってくれた言葉に取りすがるように、

「ぜひお願いします」

と、すかさず一礼した。

しかし、彼の言葉はさらに続いた。

「寺に帰ってわれわれは朝夕、一日に二回、千日間の行に入る。しかし、それは途中で止めるということはできない。そんなことをすれば祖先の霊をいたずらにいじることになる。われわれは死を賭してこの行に入るんだよ。行は一回五百円かかります」

一回五百円？　案外安いんだな、と私は感じて、むしろホッとした。すぐに計算ができなくて私は「ハア」と答えたきりだった。私の反応が鈍いので、彼はたまりかねたか、

「一日二回。一日千円だから千日で百万円。用意できますか？」

強い口調で威圧的に問うた。

ここに至って、私はやっと愕然としたわけだった。何ということ！　百万円だって?!

スッと涙が止まるほどに驚いた。バカにしてる！　誰がそんな！　と、さまざまな罵声が脳裡を飛び交った。私はハンカチを口にあて、俯いたまま黙っていた。うっかり返事はできなかった。ここは泣き落としのテしかない。

「私はひとりもので、働きながら老母を養っております。とてもそのような大金を用意する余裕はございません」

と、小声で哀れっぽく答えた。そのようなことを言わせる屈辱に、止まった涙がまた都合よく流れてきた。演出効果はあった。彼は、

「では、いくらなら用意できるか」

と聞いたので、ためらった後、

「いくらと言われましても……あまりに少額で、お答えできるほどの額ではございません」

と、言ってやった。私の声はますます小さく、体も小さく縮む気がした。心の中では誰がそんなに出すもんかと固く思った。しかし、悩み深い母のことを考えると、まだこの祈祷を中止するという気にはならなかった。ひたすら被害額を少なくして祈祷はしてもらいたいと、虫のいいことを思っていた。

彼は怒りを表わしてか言葉も荒々しく、

「やっぱり、あんたは真剣じゃないんだよ。真剣なら『少額で答えられない』なんて言うはずがない！　第一、こんな遅い時間にやってきて！」

と、八つ当たり的になじり始めた。私が頑固に口をつぐんでいると、彼はまた口調を変えて、

「まぁ、寺には皆さんの浄財もある。それを使うこともできる。じゃ、十万円くらいは用

意できませんか。お母さんの写真を飾って祭壇をつくるにしても、十万円はかかるんだよ。私たちは命がけで祈るんだからね、あんた、それくらいは出せるでしょう」

と、値下げしてくれた。十万円。それくらいは仕方ないのかなと、こちらも思い始めていた矢先だったから、

「ハイ、それくらいでしたら、何とか」

と、思わず一礼してしまった。

「それでは明朝十時から祈祷します。必ず十時までに来ますね」

と、念を押された。

「仕事があるとか、都合が悪いとか、そんなことを言うようなら止めたほうがいいよ。私たちは命がけなんだから」

と、何度も「命がけ」「命を賭して」という言葉の弾丸を打ち込まれ、

「必ずお伺いいたします。よろしくお願いいたします」

と、固い約束の拝礼をして退去した。

祈祷料は百万円から一気に十万円に値下げしてくれたが、「十万円なんて！」という不満が残っていた。それとも取材費と思って、祈祷ぶりをしっかり取材してこようか。あとでどこかの雑誌に暴露してやる。そうだそれがいい。とその気になって床に入ったが、な

かなか眠れない。

本当に十万円を払うだけの効果が母にあるのだろうか？　それに三年間も毎日祈祷してくれるというが、母があと三年も生きていられるのだろうか。だいぶ弱ってきているので、今年の冬がもつかどうか、という懸念もある。母が死んでしまったのでは、祈祷もへったくれもない。丸損じゃないの、と思うに至って、だんだん疑惑が大きくなり、遂に「ヤーメタ」という感じに変わってしまった。

私は深夜、床から起き出して、次のような祈祷キャンセルの手紙を書いた。

「前略　おゆるし下さいませ。

昨日は貴重なおさとしと御祈祷をありがとうございました。

本日、十時から御祈祷にお入りいただくことをお願い申し上げましたが、一晩あれこれと考えまして、先生のお見透しのとおり、私の母への愛も、結局は中途半端なものであることを自覚いたしました。

このような状態で〝死を賭してのご祈祷〟といわれる重大なことをお願いしては、申し訳の立たぬことに気付きましたゆえ、今回のご祈祷はご辞退申し上げたく存じます。

ご軽蔑、お怒りも、十分心に受けとめ、母が成仏できぬのもまたいたし方ない私ども一族の因縁と覚悟いたしまして、私も己れの浅慮を恥じつつ、お詫び申し上げます。

いろいろとご準備いただきましたことと存じ、こちらの勝手で一方的にご祈祷をご辞退いたしましたことのご迷惑を考え、はなはだ些少で申し訳なく存じますが、お詫びのしるしといたしまして、壱万円を同封させていただきます。

何とぞ、ひろき御仏の御心をもちまして、今回の御無礼をお許しくださいますよう、お願い申し上げます。

　昭和六十三年八月二十七日」

そして、それをコピーして残し、一万円を入れて封を閉じた。

翌朝十時少し前に市川グランドホテルに行くと、昨日の受付の男性がにこやかに迎えてくれたが、私は表情を崩さず、早口に辞退を告げて封筒を差し出した。周章狼狽した彼は小声で私を制し、

「それは先生のほうへ」

と言ったが、私はかまわず、

「おわびの手紙と、おわび料を同封しました。先生によろしくお伝えください」

と言って、サッと踵を返し、その場を脱出した。

帰宅してから局に問い合わせて調べると、高野山心願寺は群馬県に実在していることがわかった。高野山というからには、熊野の高野山の末寺だろうかと見当をつけ、真言宗の

総本山たる那智の金剛峰寺に電話を入れてみた。

「おたくのお寺では、悩みごとの相談に全国にお坊様を派遣していらっしゃいますか？」

と聞くと、言下に、

「いいえ、そういうことはいたしておりません」

と、きっぱり返事が戻ってきた。やっぱり詐欺か、と思い、「実は……」と一通り説明すると、

「そういうお電話がよくかかってきて困っているんですよ。愛知県と神奈川県にあったんですが、今度は群馬県ですか。五十万とか百万とか大金を要求されるそうです。中には、五百万出した方もあるそうですよ」

ということだった。私も、一万円のキャンセル料は隠して三千円の相談料を払った話をすると、

「そのくらいで被害がすんでよかったですね。仏のご加護かもしれませんよ。高野山はコーヤサンというのでなく、タカノヤマと読むんだそうです」

と、くわしく教えてくれた。何とコーヤサンでなくタカノヤマとは！　チクショウ！

という感じであった。急に口惜しさ数倍し、呪われたらという恐怖は吹き飛んでしまった。

どうやってこらしめてくれよう……警察に言うか、新聞に投書するか。

しかし待てよ、今、事を起こすと、私の本名も住所も握られているから、密告者は私だと気づくかもしれない。やくざふうの僧侶の言動には無気味さもあった。もし、いやがらせでも被ったら恐ろしい。今夕には引き上げる予定なので、今回はおとなしくしていて、今後もう一度こういうチラシが配られたら新聞社に投書してやるぞ、と決心した。

以上が「物の怪退治」に失敗した私の体験である。

そして、母は物の怪に取りつかれたまま十月の末に入院し、十二月十日に他界した。しかし、母に取りついた物の怪は入院後、姿を消してしまっていた。もっとも、その後は「家に帰りたい」という物の怪に変わってしまったが、その母の願いは叶わなかった。

やっぱりこれは、あの坊さんの呪いなんだろうかしら？

（参画視かく　一九八八・十、一九八九・二）

墓の話……

母の四十九日の法要と納骨は、一月二十一日に行なった。ちょうど四十九日に当たる日には姉の都合が悪いというので、仏事は早目に行なうべきだという言い伝えに従ったのである。

墓地は二十余年前、父の死亡のときにI霊園に取得していた。早い時期だったのでまだ安く、正門からも近くて、親戚一同から羨ましがられたものだった。

彼岸には墓誌に、父の名と並んで母の俗名、戒名も彫り込まれており、これで母も納まるべきところに落ち着いた、ヤレヤレという安心感が姉妹の胸にはあった。

ところが数日後、思いがけない電話が姉からかかってきた。

「I霊園のお墓は私たちが死んじゃうと、三年後には無縁仏として処分しちゃうんだって」と言う。

「永代買い取りだったんじゃないの？」

「買い取りじゃなく、永代貸与だって。だから子孫のいない家のは処分して、他の人に貸すんだって。今も空きを待つ人が大勢いるんだって言われちゃった」

これには驚いた。私の家は姉も私も不幸にして独身であるから、老母は生前「養子、養子」と気を揉んで、それも母の〝物の怪〟の一つになっていたのだが——。そして、母に急かされ、

「おばあちゃんが三人もいる家に誰が養子に来る？」

と、悪口を言った私だったが、父方のいとこの子に小当たりに当たってみた。すると、

「養子にはならなくてもいいんじゃない？　でも、墓の面倒はみてあげるよ」

と言ってくれたので、私はそれでもいいことにしていたのだったが、市役所の方は戸籍を入れて正式に家督相続しないとダメだということだった、と姉は言うのだ。

しかし、そんなことを言ったら、今、一人娘を嫁に出して老夫婦ぐらしという家庭は多い。石碑の姓が違ってはいけないというなら、そういう家の墓も処分されるのか。

現に、他のいとこの一人は二人の娘を嫁に出してしまって「うちの姓はなくなってもいいと思っている」と、夫婦して語っている。私の家と違って、墓参りに来てくれる子はいても、死後三年たつと無縁仏なのか。

あるいは、いったん絶えた家系も、何十年かたって血筋の者が再興する例だってなきにしもあらずだろう。武家時代と違って、それはもうないと断定しているのだろうか。

姉は、どこかに買い取りの墓地を探して買いかえなくちゃ、と言い始めた。

「また墓を買うのぉ？」

と、私はウンザリ。

「養子をもらうしかないね」

「片づけられたら片づけられてもいいよ」

私は少々捨てばちな冷たい言い方になったりした。

市川市内でも、墓地売り出しの広告がたくさん出ている。石材屋や寺がやっているようだが、貸与か買い取りか、これからは確認しないといけない。

ちなみに今のところ、後継者のいない墓地は市役所が血縁関係を探し「処分した無縁仏は稀」という係員もいるそうで、姓が違ってもいい、籍が違っても大丈夫という説もあるのだが、人間、生きている間に家を持てるかどうかという世の中になって、死後の住居も安住できるかどうか保証されにくい。

死後も落ち着けない世の中である。


（参画視かく　一九八九・四）

墓の話……二

もう何十年も前の話だが、東海道新幹線で西下した折、沿線のどこかの山が伐り拓かれて、何か所か広い墓地が出現していた。ふと「お墓列島」という言葉が頭に浮かんだ。日本社会が家族制度から核家族へと切りかわり、都会に定着した家族ごとに墓地を求める時代に入っていた。

田舎の自家の持ち山などに、一族代々まとまって葬られていた時代は去りつつある。私の家も、その典型の一つとなった。

市川市も北部の里山を伐り拓いて広い市営霊園を持っているが、他にも民間の霊園が何か所もあり、中にはペットの霊園までできている。もっとも、ペットばやりの昨今で、庭のない都会住まいにはペット用の墓も必要となってくるのだ。

一方で「墓はいらない」という主張も生まれ始めている。人の死に方、葬られ方に、個としての主張を示し始めている。

ここ数年、何人かの知人宅のご不幸に接した。いずれも「家族葬」というお断りがあったので、他人の私は参列を遠慮して弔文を書くことですませていた。

「無宗教で、ごく親しい方だけへのお知らせです」

と、言われたこともある。形は葬儀社の司会者がいたが、僧の読経もなく、集まった者たちが柩に生花を入れ、故人の思い出話などを語り合ったりしてお別れをした。十四、五人の小さな集まりで、これはこれで心あたたまる弔い方だと思った。

ただし、芸能人など著名な人は、親族だけの密葬だけでは終わりにできず、日を改めて盛大なお別れ会を開くのが常のようだ。だから、すべてが地味に小規模になりつつあるとは言いきれない。生前葬といって話題になった人もいるが、これは自分の人気をはかるイベントに過ぎないから、新しい葬儀の形には入れない。


墓の話になると、新しい形にはまず撒骨が挙げられる。遺骨は故人の遺志や遺族の思いを込めて、海や山に撒かれる。新聞に樹木葬の広告も載っていたし、勧誘の電話もかかってくる。山の樹の根本に撒骨する場合もあるし、好きな樹木を植えて森をつくろうという誘いもある。

遺骨は形の残らないように砕いて粉にしたものを、他人の迷惑にならない場所に撒くことができるようだが、今は葬儀社が手配をしてくれるようだ。送葬産業の一つとなっているのだろう。

愛する人の遺骨は、墓に葬りたくないという場合もある。美しいガラス容器に分骨して居間に飾る、あるいは、家族の一人ひとりにペンダントに納めて肌身につけるという話も聞いた。パソコンのインターネットで検索して、送葬の新しい方法を選べる時代に入っている。

だいぶ昔の話だが、韓国映画で『達磨はなぜ東へ行ったのか』という作品を見た。内容は割愛するが、大変印象深く忘れられないシーンがある。深山の古寺に一人住む老僧のもとに、町場暮らしの青年が入門してくる。

やがて老僧に死が訪れると、若い僧は師の遺体を小川の畔の岩の上で、一人で一夜荼毘に付す。夜の闇に真赤に燃え上がる炎の色。翌朝になって、彼は師の骨を川原の丸い石の上で、粉になるまで砕くのだ。

そして、白い粉となったそれを、そっと川の流れの中に撒く。流れに乗って川の中に白い水脈ができ、ゆっくりと流れ下る。白い粉は土の上にも、あたりの木々の葉の上にも少しずつ静かに撒かれる。爽やかな朝の光の中で少し風が吹くと、緑の葉から白い粉は振り落とされて空間を舞う。

敬慕する師を喪った若い僧の悲しみが、声もなく慟哭もなく、むしろ壮厳な送葬の儀式となって美しかった。そのとき私は、死者としてこういう生の終わり方はいいものだなぁと感じた。豊かな自然の中に静かに消え去ること。あるいは、溶け入ること。

そして、送る側としても、時間をかけて死者の骨を砕く、そのいとおしい時間。この感動から、私は一篇の詩「遺言」（『遠い風景』所収）を書いた。墓はなくてもいい、と思われるのだった。

（二〇一一・六・九）

「先生」へのこだわり

美容院にゆくと「先生」という人がいて、美容師たちが客に対しても「うちの先生」とか「今に先生が参ります」とか言う。

「ご指名は?」と聞かれて「この前、オカッパの髪をした少しふとった方だったけど」と、名前がわからないからそう言うと「じゃあ、先生かな」などと言われ、いまだにその人の名を知らず、私も「担当は〝先生〟」と伝えるようになってしまった。

何十年か前、美容院の女主人は「マダム」と呼ばれていたが、今はどこでも「先生」のようだ。インターンの美容師たちは技術を教えてもらっているから、「先生」と呼ぶのは当然だが、客としての私はどうも「先生」と呼びにくくて困る。

ことに、若い美容師に向かって「先生はいらっしゃる?」と聞くのはいいが、あまり尊敬できないような印象の女性の場合、ご当人に向かって「先生」と言いにくい。どうしてだろうと、自分でもこだわっている。

「先生」と呼びにくい人は他にもいる。

市民団体や、何かの活動グループで知り合った人たちに対し、初めは姓で呼び合っていたのに、いつか「先生」と呼ばれる人が出てきて、その人が私と同年配か年下の人だと「先生」と呼びにくい。

初めから学校の先生か、有名な作家や芸術家ならいいのだが、知り合った「仲間」か「友人」と思っていたその人が、昔、退職前に学校の先生だったり、あるいは仲間の数人の主婦たちが、公民館で何かの指導を受けたことがあるということで「先生」と呼び始めると、私はすぐに順応できない。

なるべく名を呼ばないようにしたり、私だけ「さん」を貫いてみたり、うんと年上の方だと「先生」に直して歩調を揃えてみたりする。

昔、雑誌社にいたときは、原稿を頼む人に対しては、皆「先生」と奉っていたものだった。同年配で早くも評論家と呼ばれ始めた女性に対しても、私よりうんと若い作家に対しても、私は「先生」で通した。「先生」というのは、相手の名が出てこないようなときにも便利だったし、書き手に対して編集者はやはり一歩へりくだっていた。

しかし、自分が編集者という商売をやめてしまったら、市内で一緒に活動しているグループの仲間に対して、「先生」と言いにくい感情に陥ってしまった。

国会中継を見ていると、議員の質問に答える側の官僚が「先生」と議員を呼ぶことがある。市会議員のレベルでも同様で、市長が市会議員に対して「先生」と呼んでいるし、私たちの仲間もそう呼ぶので、私は「さん」から「先生」に切りかえたりしているが、気分的にはどうもスッキリしない。

その点でNHKが、まず視聴者への紹介に、「〇〇大学の××先生です」と言うことはあっても、大方は「××さん」で通し、若い女性アナウンサーが年配の大学教授に向かっても対等に「××さん」と呼びかけているのは明快で気分がよい。

「先生と呼ばれるほどの馬鹿でなし」というが、やたら「先生」と呼び合う世の中に、ちょっと苛立ちを感じていた。

ところが最近、私に対して「先生」と呼ぶ人がいて、そのたびに居心地が悪くなる。昨年、友人を介して国分寺の小さなグループに招かれ、「老人介護」に関する話をさせられた。老母が亡くなった翌年で、友人がその話をせよ、と言うのだった。この会のリーダーが私に対して「先生」と言うから、ゾッとして「先生はよしてください」と何度も頼んだが、当日の紹介で彼女も困ったらしく、「先生」をつけたり「さん」だったりした。かえって気の毒だと思ったが、私としては「先生」と呼ばれるだけの自信も覚悟もまだできていない。

さらに最近、ある印刷会社の社長が私を「先生」と呼んで、何度断っても改めてもらえない。というのは、この会社が季刊で出している随筆雑誌に何回か文を載せてもらったため、執筆者として奉られているようなのだが、そう呼ばれるたびに背中がムズムズするようで落ち着かない。

どうぞ、どなたも、私には対等に「さん」と呼び、仲間として遇していただきたい。

（参画視かく　一九九〇・七）

人の呼び方……

地元の女性団体の中で、気の合う若い人たちと勉強会を開いたり、喫茶店でおしゃべりをしたりする。長い付き合いの人は十年以上、新しい人とは三、四年の付き合いだろうか。楽しい時間を過ごすことが多い。

しかし、彼女たちの話し方に違和感を覚えることもある。

たとえば、その場にいない仲間を呼び捨てにする女性がいる。あるいは、あだ名で呼び合う。私は旧制高女の最終卒業生だが、当時よく言われていた「S」（シスター。女生徒同士、姉妹のように親密な関係）というものにも無縁だった。学校の友だちも、子ども時代は名前に「チャン」をつけて呼び合ったが、呼び捨てや、あだ名で呼んだことがないのだ。

私自身は少女時代、虚弱児で、顔色が悪く、やせこけていて、父はたまにふざけて「青びょうたん」と私を呼んだが、私は父っ子だったので少しも気にしていなかった。

しかし、近所の小父さんで一人、私を「テツビン（鉄瓶）」とからかう人がいて、それ

は私の名の「テツコ」から来ているのはわかっていたが、ひどく腹立たしかった。家族に訴えると、姉が、

「今度言われたら、何だ、このオヤジ！　って言ってやれば？」

と言ったので、本当にそう言い返して、その小父さんを絶句させた。しかし以来、彼は私を「テツビン」と呼ばなくなったので、姉の作戦は成功したのだった。私がまだ六歳ぐらいの話である。

ところで、今の若い人の話に戻るが、グループの中に一人だけ少し変わった女性がいて、私たちと話のテンポが合わなかったり、反対意見を述べたりする。そのため、グループの仲間から少し軽く見られているようだった。

グループの若手の二、三人が彼女の噂話をすることもあって、その折、彼女をある動物の名前で呼んだりしている。人間は動物によくたとえられるが、彼女がその動物に似ていないこともない。しかし私は、その呼び名を聞くことがあまり愉快ではなかった。ずっと我慢していたが、先日、

「その呼び方、あまり好きじゃないなあ。愛称ならいいけど、あなた方はそういうつもりで使っているんじゃないでしょう」

と言うと、「そう」と正直な返事だった。

グループの中にも兎のような人、ネズミのような人、いろいろいるし、私などはさしずめ顔が長いから「馬面」と言われても仕方ないが、たとえ愛称にしても「あの馬さんがね」などとは言われたくないのだ。

たとえ当人が不在の場でも、私は常に姓なり名なりに「さん」をつけて呼んでいるし、呼んでもらいたい。

性格も意見も千差万別だが、それぞれの美点は認め合い、連帯できる部分は連帯し合う世の中でありたい。互いに軽蔑し合い、憎しみ合う関係でなく、意見を闘わせ合うのはいいが、互いの違いを認め、互いに尊重しあう関係をつくりたいと思うのである。


（参画視かく　一九九七・一・三十）

人の呼び方……二

市川に女性問題懇話会ができて、もう十五、六年になる。第一世代の女性たちは、この間に老いて死亡者や引退者がいるので、ちょうど私たちが第二世代ということになるが、第三世代となる三、四十歳代の女性が、なかなか増えてこない。どこの会でも悩みの種の一つだ。

ところで、最近入会した貴重な若い女性が、一月新年会の席上で、「自分の夫、他人の夫のことを何と呼んだらいいか」と疑問を出した。「主人」「ご主人様」という言い方を拒否したいわけだが、私たち第二世代としては、今ごろそんな疑問が出ることに驚いた。私たちの仲間では、とうの昔に話し合いのすんだ古いテーマだからだ。

私たちの会では、一応「つれあい」と呼ぶことになっている。「主人」と言うと、「百円のバッキーン」と、茶化される。「お宅のおつれあいは理解があっていいわネ」等という具合に使う。

男女が対応した言葉がある場合、つまり「夫」と「妻」は、それも使える。「つれあい」

は男女共通した用い方ができるので、上下、左右、平等の統一語として便利である。

しかし、自分の夫の場合はいいとしても、他人の夫や妻の場合は「おつれあい」、もっと丁寧に「おつれあい様」ということになって、長ったらしくて言いにくい感じがしていた。席上、居並ぶ全員が呼び方を言うことになって、建前かもしれないが自分の夫については「夫」「つれあい」が浸透していた。

しかし、相手のつれあいに対しては、まだ「ご主人様」が、かなり用いられていることがわかった。もちろん「奥様」も同様である。

私の場合、夫がいないからどうでもいいが、相手の場合はいろいろ変えて使っている。友人や年下の場合は「おつれあい」で通す。うんと親しい友人には「あなたのハズは」とくだけて言うこともある。

うんと若い夫婦を前にしたときは「〇〇さん」(夫)「〇子さん」(妻)と言い分ける。あるいは、「〇夫さん」「〇子さん」と言うときもある。

しかし目上、(たとえば昔の上司とか)社会的地位の高い方とか年輩の方には、つい「ご主人様」「奥様」を使ってしまう。

その方が女性問題に理解があれば、「私たちの会では〝ご主人様〟と言うと、罰金だって言われますから」と、笑い話の枕をふって「おつれあい様」と丁寧に言ったりしている。

ご夫妻を目前にした場合は、「○○さん」「奥様」、大学の恩師などは「先生」「奥様」となってしまって、女性運動に入っていても、まだ「つれあい」になりきれない旧弊の尻尾が残っている。

世の中に「つれあい」が流布するには、まだ時間がかかりそうだ。まして、新しい呼び方を知らない若い世代が増えているとすると、意識の後退ともなる。

「もうわが家には女性問題はありません」という二十代女性の発言もあるが、日常のヒダに隠れた小さな小さな女性問題は、なかなか消えることにはならない。

（参画視かく　一九九七・三・三）

老い――……スッポリ空白の物忘れ

年齢のことは言いたくないが、数年前から小さなミスがときどき生じるのを自覚するようになった。一時的な物忘れ。年をとれば誰にでもあることだよ、と誰もが言うが、この「忘れ様《よう》」が若い時代とはまったく違っていることに気づいている。

若いころはふと忘れていても、思い出そうとすると大体の道筋を辿って思い出せた。しかし、最近の物忘れは、しばらくの間思い出せない。まったくの空白となっていて、思い出すのに何日もかかったりする。

あるとき、黒革の手帳が一夜でなくなってしまった。前夜にはスケジュールを確かめた記憶がハッキリしていて、この日は一日外出もしていないのに、いつも入れているバッグの中に見当らないのだ。

一階、二階の机まわり、玄関、電話まわり、こたつのまわり、果ては持ち込むはずのない風呂場やトイレまで探したが、ない。この手帳がないと身動きがとれない。手帳は私の命の綱なのだ。

幸い私には、小型の卓上カレンダーにもスケジュールを書き込む習慣があって、どうにか間に合うと思うが、外出時にはやはり手帳がないと不便だから、また新しく買うことになるのかなあと思ったが、ときどき思い出しては、いったいどこに置き忘れたのだろうと不安に駆られたりした。

二、三日たって、本棚の並ぶ裏の小部屋に行ったとき、この部屋は一種物置きのように雑然としていて、紙や各種の会報類や新聞のスクラップ類を入れた段ボール箱が積んであるが、その一つの箱の上に当の黒革の手帳が載っているではないか。驚いてしまった。

なぜ、ここに持ってきて置いたのだろう。失せ物が出てきたのは嬉しいが、自分の脳の空白の部分が解き明かせない。

そして、徐々に思い出したのは、友人からの電話があって、その質問に答えるため百科事典で確かめようと、その部屋に立ち寄ったことだった。彼女と会う予定もあって手帳を持っていたが、事典を調べる間に手帳のことはスッポリと頭から抜け落ちてしまった。それでやっと自分の行動には納得がいった。

一時的な〝記憶喪失〟は、何分という短いときもある。一駅乗った電車の切符が行方不明となった。バッグの小ポケットに入れるようにしていたのに、バッグや服が変わると衣服のポケットに入れたりして、改札口であわてる。

これも昔は体験しなかったことで、「私の頭はだいぶこわれかけています」と言ったりする。切符はほどなく見つかるが、手帳のように何日も思い出せないのはいまいましい体験なのだ。百科事典を見たという記憶の部分は残っているのに、箱の上に手帳を置いた記憶の部分はまっ白に抜けて、脳細胞がスカスカになってきている証拠だ。

よく、食事のメニューを思い出せないのは物忘れだが、食事をしたこと自体を忘れるのは認知症の始まり、と言われる。ともかくも思い出せたのは、まだまし、としておこう。

（二〇一一・五・三十）

老い——……ありがたい近くの他人

四年前、家の中なのに、右足の甲を横に骨折した。宅配便が届いて門の呼び鈴が鳴るので、あわてて二階から下りたとき、最後の二段を踏みはずし、床にドサッと落ちたのだ。痛いの何の！　玄関ドアまで這って行って、やっとカギを開けて用を足した。

それから歩いて五、六分の整形外科病院まで、一、二歩あるいては休み、三十分以上かかってやっと到達した。すると、レントゲン撮影で骨折と診断され、二か月のギプス生活となってしまった。

さて、生活はどうしよう。

毎日の暮らしは階下の居間一室に定め、真夏だったので座布団を何枚か敷き、毛布一枚のごろ寝に決めた。日中は座布団を重ねておけば、万年床の不体裁から免れる。掃除は小型のモップでたまに床を撫でるだけ。立ち居に便利なようにソファに腰かけ、センターテーブルに足をのせるのはためらわれたが、タオルを敷いて足をのせることにした。

歩行不能となったので、買物を近所の方に頼んだが、そう何度もお願いしにくいと考えた末、そうだ、民生委員さんに相談してみよう、と思いついた。私の家にはときどき民生委員のKさんが「お変わりありませんか」と立ち寄ってくださる。

初めのころは、なんで？　と不審に思ったが、私は独り暮らしの高齢者だったからだと思い至った。私、今、お変わりあるもんネ、と少々いたずらっぽい気も。

思ったとおり、翌日すぐKさんが来てくださり、ふれあいセンターのヘルパーさんまで呼んでくださった。

「介護保険を申請したら？」

と言うが、まだそういう気にはなれない。それにヘルパーというなら、私自身が「市川ユーアイ協会」というNPOの会員だったではないか、とやっと気がついた。この会は老母がお世話になって以来、私も会報の編集やお年寄りのお話し相手などに出向いたこともあり、自分が年をとってからは賛助会員になっていて、顔見知りのヘルパーさんも多い。

お使いだけをお願いすれば、何とか自宅で凌げるだろう。介護保険という大仰な組織だった制度ではなく、その隙間を埋める助け合いヘルプ制度を利用する。一時間九百円の有料ボランティアを試してみるいい機会だと思った。ケアマネジャーもヘルパーも友人だったから、何の不安もなく週一回ほど買物をお頼みした。お使いのあとはおしゃべりタイムも持てて、いつもより楽しい二か月だった。

この間の病院通いも、いくつかの会合や勉強会にも、タクシーを呼んで全部出席した。不自由なのは足だけだったので、ズボンに男物のサンダルなら、大して人目につかず用を足せた。ギプスのあと包帯に変わったときは、福祉用の着脱自由の大きめの靴も探し出し、これは今でも気に入っている。

Kさんはまた、毎日往診してマッサージをしてくださる接骨院のS先生を紹介してくださった。若いハンサムな青年が、わが家に出入りすることは絶えてなかった。快活で笑い声の大きなこの青年を好もしく思い、骨折で外出不能という落ち込みも感じなかった。

大勢の方々にお世話になった。

「遠い親戚より近くの他人」というが、本当にそうだと思い、ありがたかった。

（二〇一一・一・十）

第四章

私記——二人のわが師

市川房枝氏のこと

市川房枝氏は一九八一年二月十一日、八十七歳で逝去し、二〇一一年の今年は没後三十周年にあたった。私が氏と出会ったのは一九七一年、四十一歳のときだった。経緯は後述するが、氏の最晩年の十年ほどを、その運動の末端に触れた者として、いささか書き残しておこうと思う。

しかし、まずその前に、私が市川氏に出会うまでの氏の足跡について、地域のミニコミ紙「宗教ライフ」に連載した「市川房枝物語」（二〇〇二～四年）を再録しておきたい。

この文は、さらに溯って二〇〇〇年に岩崎書店から出版されたシリーズ『20世紀のすてきな女性たち』（全十巻のうちの第七巻）に入れていただいた小文を、それが子ども向けなのでほとんど書き直し再構成したが、主として『市川房枝自伝』から組み立てた物語である。

市川房枝物語

出発点は「母の嘆き」

市川房枝（敬称略、以下同じ）は一八九三年（明治二十六年）五月十五日、愛知県明地村（現・一宮市）の農家に生まれた。父藤九郎、母たつの三男四女のうちの三女。

父は子ぼんのうだったが癇癪もちで、時には薪ザッポで母に殴りかかった。その暴君ぶりにじっと堪える母、泣きながら母をかばおうとする幼い房枝。

母はよく物陰で房枝を抱きながら、

「何度里へ帰ろうと思ったかしれない。でも、お前たちが可愛いから我慢してるんだよ。女に生まれたのが因果だねェ」

と、泣くのだった。

房枝の幼な心にこの母の姿が刻み込まれた。

「なぜ、女は我慢しなければならないのか。なぜ、女に生まれたのが因果なのか」

と、考えたという。

このエピソードが房枝の生涯を決定づける原点となった。自伝にも、「私のそれからの長い人生は、母の嘆きを出発点にえらんでしまったようだ」と、書かれている。

しかし、房枝の子ども時代が不幸だったわけではない。貧しくてお粥か雑炊の常食でも、母は子どものお弁当には白いご飯を持たせてくれた。父は子どもを次々と上級学校に進ませている。

当時は、尋常小学校四年卒で働きに出される時代だったのに、房枝の小学校時代に長兄はすでにアメリカ留学中であるし、次姉は女子師範学校から後には奈良の女高師（現・奈良女子大学）に進学している。

それは、子の立身出世を願う父親と、青雲の志を抱いて世に出ようとする子の向上心が燃え上がる、明治という時代性でもあった。

健康で、おてんばで、家事もよく手伝う房枝は高等小学校卒業時、十四歳で兄を頼りに渡米願を役所に出したが、さすがにこれは幼なすぎて不許可となった。上京して女子学院に入学し、退学し、帰郷して、小学校の代用教員になったのが十五歳。

未来を模索し、やがて十六歳で女子師範学校に入学する。男性依存でなく、働いて自立する女になろう。意志の強い少女だった。

正義派少女のストライキ

市川房枝が愛知県立の師範学校に入学したのは、一九〇九年（明治四十二年）。この学校は全寮制で、月謝も寮費も不要の上、夏冬の着物一枚ずつと袴も支給される公費制の学校だが、卒業後五年間は県内小学校勤務が義務づけられていた。

スポーツ好きの房枝はテニス、ピンポン、弓道などに熱中し、テニスの対校試合で優勝するほどだった。得意科目は数学、理科、物理。しかし音楽、家事、裁縫は不得手。彼女の最晩年を知る私は、多くの団体を統合し、議事をさばく切れ味に、その若き日を重ねた。

四年生の春、新任の校長が訓話で「女子は良妻賢母となるべし」と言い「木枕使用」と定められた。木枕は首が痛いし、第一、この古い教育観には納得できない。級友二十八名と語らった房枝は、校長に二十八カ条の要求を突きつけ、三年生を加えてストライキに入ったのである。

やむなく、校長は級長の房枝と副級長の鈴木善子の二名と面談し、要求のいくつかを受け入れることで、妥協をはかったという。ここにも房枝の正義感と行動力を見ることができる。

この年、明治天皇が亡くなり、大正と改元された。翌春、卒業した房枝は、東京女高師（現・お茶の水女子大学）の受験に失敗。帰郷して、母校の朝日尋常高等小学校の先生となった。二十歳。月給は十六円だった。「女の自立」に喜びはあったが、すぐ男女の給料格差に気づく。

授業内容の男女差もあり、不得手な家事や料理を教えなければならないことも苦痛だった。それでも、五年間は県内で教職に就かなければならない。

上昇志向の房枝は一年後、名古屋の第二高等小学校に就任。弟妹と自炊生活をしつつ、休日にはあちこちの講演会や会合に出席し、新聞や雑誌に投書したり、キリスト教の教会にも出入りして、一時期、日曜学校の先生となり、遂には「まだ信仰は十分でなかったが洗礼を受けた」との告白もある。

大正デモクラシーに感化され、都市生活の中で、旺盛な知識欲のままに全力疾走し始めた二十代前半の生き方がうかがえる。

しかし、この疾走は疲労となって、房枝の体を蝕み始めていた。加えて、師範学校生だった弟の急死が打撃となった。一九一六年（大正五年）の秋、房枝は知多半島の篠島に移って療養生活に入る。教師生活は四年で放免ということになった。

上京、そしてらいてうとの出会い

闘病生活の後、名古屋に出た市川房枝は、母校の同窓会会報の編集を引き受け、編集技術を身につけた。さらにつてを頼って「名古屋新聞」(現・中日新聞)の初の女性記者となり、中京地方の婦人団体めぐりなどを担当。雪の日、知事夫人を訪問して門前払いをくわされた、というエピソードも残っている。

この仕事は楽しかったが、しかし「早く東京の息吹にふれたかった」と房枝は書く。大正デモクラシーの花咲く時代、憧れの地はやはり東京だった。

一九一八年(大正七年)上京。日本橋の小さな株屋に就職。在米の兄に知らせると、山田嘉吉・わか夫妻への紹介状が送られてきた。社会学者の山田は四谷で外国語の塾を開いていたので、房枝は出勤前に山田塾で英語を習い始め、わかの紹介で平塚らいてうと出会うことになる。

「元始、女性は太陽であった」という巻頭文を掲げて雑誌『青鞜』を創刊(一九一一年)した平塚らいてうのもとには、多才な「新しい女たち」が集まり、花々しく活躍していた。わかも『青鞜』の執筆者だが、山田夫妻の人柄に惚れて、らいてうのほうが山田塾の近くに引っ越したほどである。

山田が、エレン・ケイの本を妻わかのために毎朝読んでやったことが、らいてうの日記に書かれ、房枝の自伝にもエレン・ケイの『恋愛と結婚』を原書でいきなり講義されてびっくりした、とあるので、二人の出会いはこのころだろう。

しかし、『青鞜』は二年前に、もう廃刊になっていた。そして、房枝のほうは株屋が倒産。また職探しである。

その間「名古屋新聞」主筆から、らいてうとわかへの講演依頼が房枝に届き、大正八年春、房枝は二人に同行して中京入りをする。講演後は、らいてうの希望で紡績工場の女性労働者の実情視察。帰京後もモスリン工場の見学の案内など、七歳年上のらいてうに見込まれた房枝だった。

時は第一次世界大戦が終わり、国際連盟内にＩＬＯ（国際労働機構）が設けられ、ちょうどクローズアップされた女性の労働問題に、房枝も大きい関心を抱きつつあった。幸い大日本労働総同盟友愛会に就職でき、ワシントンのＩＬＯ世界大会に日本政府代表の女性を送るという大仕事を任される。

しかし、十代の女性労働者を随員に加えようとしたことが房枝の独走と非難され、三か月で友愛会を辞任する羽目になった。そのとき、らいてうから新しい婦人会をつくろうと声がかかったのである。

らいてうと共に新婦人協会設立

一九一九年（大正八年）の末、平塚らいてうは市川房枝を誘って新婦人協会設立に着手。

らいてうは房枝を評して「事務的才能ある実際家肌の婦人をぜひ片腕にほしい」と書いているが、翌年三月の発会式には奥むめおを加え、三人が発起人となっている。

活動はまず「治安警察法第五条」の改正と「花柳病男子の結婚制度に関する請願」にしぼった。前者は女性の政治集会参加を禁じているので「女子」の文字を削除せよという改正案である。

あるとき、房枝らは試しに政談集会にもぐりこんでみたが、三十分後には警官につまみ出され、調書をとられてしまう。翌日、危うく起訴されそうになったが、やっと微罪放免となったということだった。

しかし、発会式には大山郁夫以下、婦人問題に理解ある男性も出席し、支持を得た。綱領ではすでに、男女の機会均等、家庭の社会的意義、婦人・母・子どもの権利要請など、今日にさきがけた主張を盛り込んでいる。しかし、この「五条」改正案は衆議院で可決されたものの、貴族院では否決されてしまった。

藤村という男爵の反対演説は、

「婦人が政治運動するのは生理的・心理的にも自然の理に反している。議会の傍聴はよいとしても、社会の表面に出て政治活動をするのは悪いこと。女子の本分は家庭にある」

という論調で、隔世の感があると言おうか、いやいや、昨今の地方自治体における「男女共同参画条例」の議会審議を見ていると、いまだに男女別業意識の残滓が明らかで、社会変革の難しさを感じる。

発会式のあと、機関誌『女性同盟』の創刊、全国支部づくり、議会傍聴に五十人、百人の人集め、声の小さいらいてうに代わって会合の司会、議員や議会への請願運動と、房枝の運動は一直線だった。当時珍しい洋服姿の二人は新聞ダネになり、写真では颯爽たるモガぶりである。

しかし、やがて二人は袂を分かつ。房枝はらいてうの本質が母権主義にあり、自分の目ざす道といささか違うのではないかと考え、らいてうも房枝の活動ぶりを荒々しいものと感じたようである。当時、らいてうは画家・奥村博史と別姓結婚をし、二児の母でもあったので、母性保護に傾くのもやむを得なかっただろう。

新婦人協会をやめた房枝は、アメリカの婦人運動と労働運動を学ぶため渡米を決意した。「五条改正」は渡米後となった。

アメリカ武者修行とアリス・ポールの助言

市川房枝が鹿島丸で横浜港をたったのは、一九二一年（大正十年）七月二十九日だった。太平洋横断十五日。八月十三日にシアトルに入港。結婚して同地に住む妹清子の家に寄宿して邦字新聞に寄稿したり、講演会を開いたり、週給三ドルの家庭教師をして生活費を得たりした。小学校の実情を知りたくて三年生に編入させてもらい、恥ずかしさをこらえて勉強したとも言う。

そして、ここから房枝のアメリカ横断武者修業とも言える旅が始まるのである。

シカゴでは牛肉缶詰工場視察、ジェーン・アダムズの創った移民施設「ハル・ハウス」見学、労働組合や婦人会の会合への出席、黒人街への出入りなど、旺盛な好奇心を満たすスケジュールである。初の女性上院議員ジャネット・ランキンを訪ね、

「有権者は絶えず選出議員にハガキで注文を出せ」

という話を聞き、後の運動に取り入れている。

生活のため、多くのアルバイトもした。住み込みのお手伝い、子守りなども次々と条件のよい家庭を自ら探して移り、居を徐々にアメリカ東部へ進めた。ニューヨークではＹＷＣＡ、社会主義グループ、婦人団体の事務所を訪問し、取材と資料集めをしている。

一九二三年六月、ワシントンで世界社会事業大会が開かれると聞くや、彼女は大会出席のためワシントン入りをする。ここでも各種の婦人団体本部を訪問。そして、房枝の将来を決定づけた全米婦人党会長アリス・ポールとの出会いがあった。アリスの家に滞在し、多くの語り合いから、

「婦人問題をしなさい。労働運動は男に任せればよい。婦人のことは婦人以外、誰もしてくれない」

という助言に、非常な影響を与えられた房枝だった。

アメリカは一九二〇年、すでに婦人参政権は実現していたが「婦人有権者同盟」本部では、婦選獲得をどう進めるべきか、獲得後の運動はどうあるべきか、多くを学んだようで、後年「日本婦人有権者同盟」創立へとつながる。

こうして多くの資料、知識を得て房枝が帰国したのは、一九二四年(大正十三年)一月のこと。日本は関東大震災の翌年で、横浜や東京にはまだ瓦礫の山が残っていた。請われてILO東京支局に勤め、炭坑や紡績工場などの女性の労働問題とともに、婦選問題にも関わり、この年十二月「婦人参政権獲得期成同盟会」結成。長い闘いの出発点である。

黒わくのハガキ

市川房枝の婦選運動の中で、「黒わくのハガキ」というエピソードが残されている。

日本では、男性の普通選挙(略して普選)が実現したのが一九二五年(大正十四年)のこと。しかも、それ以前は三円以上の納税者に限られていたので、選挙権はほんの一にぎりの高額所得階級の男性だけの特権だった。その階級差別が取り払われたわけである。

そこで、普選の次はいよいよ婦人選挙権（略して婦選）獲得の番だというわけで、房枝たちの運動も勢いづいた。婦選獲得期成同盟会の総会も、年々、婦選三権（婦人参政権、公民権、結社権）の実現を高らかに宣言し、議会や政治家への請願も続けてきた。

その圧力の甲斐あってか、一九二八年（昭和三年）には政府与党の政友会が婦人公民権法案を打ち上げ、各紙の大ニュースとなった。野党の民政党も負けじと婦人参政権の実現を唱え、気運が盛り上がり、遂に与野党の過半数の議員が公民権法賛成となり、衆議院の通過は確実と思われた。

房枝たちもこの機を逃すまいと、全国から八万枚もの請願書を集めて衆議院に提出し、審議当日には二百名の会員と傍聴席に並んだ。

ところが、野党側から文言の修正が出され、議会は大混乱の末、結局、この法案は否決されてしまったのである。期待が大きかっただけに、女性たちの落胆、怒りも大きかったわけだろう。誰言うとなく、

「この法案は死んだわけだから、黒わくのハガキを出しましょう」

ということになった。

「遺憾乍ら遂に昨三月五日午後六時、衆議院本会議に於て否決の悲運に逢着仕り候……」

と、皮肉たっぷりの死亡通知を印刷した黒わくのハガキが全代議士に送られた。

この黒わくのハガキを受け取った代議士たちはびっくり。中には不謹慎だと腹を立てる者もいたもよう。後年、自民党副総裁となった川島正次郎もその一人で、「……貴嬢等の不真面目驚くの外なし（略）猛省一番真摯な態度に帰れ」と、巻紙に書かれた抗議の手紙が残存している。

ブラックユーモアをふくむ房枝たちの無念さは、男性たちには理解してもらえない時代であった。

しかし、現在でも千葉県議会では同じことが起こっている。堂本暁子知事の時代、「男女共同参画社会促進条例」が野党自民党等の文言修正でもめ、廃案になってしまった。

満州事変下でも先見的な運動展開

一九三一年（昭和六年）九月、満州事変が勃発。国家非常事態だということで政局は一変し、婦人公民権などは提出さえ不可能となった。しかし房枝は、こういうときこそ婦人の政治参加が必要だと考え、戦術転換をはかりながら粘り強く運動を続けていく。その戦術はさまざまで、かつ大きく広がってゆく。いくつか挙げてみると、こんな具合である。

● 「婦選デー」を一九三二年の普通選挙中に組み込もうと全国展開。房枝自身も夜陰にまぎれ、糊の入ったバケツを持って「与へよ一票婦人にも」のポスターを貼って歩いた。

酔っぱらいにからまれたり、警官に見つかって、あわやブタ箱入り？　電柱に貼ると電信法違反なのである。警察では幸い顔見知りの上司がいて、

「先生ですか。電柱はいけませんよ」

と、始末書ですんだそうである。

●

「東京婦人市政浄化連盟」を結成。汚職のあった立候補者に辞退勧告やビラまき。直接面会にも行ったというので、脛にキズ持つ面々はさぞ房枝たちを恐れたことだろう。

●

「塵芥処理問題懇談会」ではゴミの減量や、厨芥（生ゴミ）と雑芥（燃えるゴミ）の分別処理を東京市に申し入れた。ビン、缶の分別も「お春さんの夢」という寸劇までつくって、女性たちがビン、缶、石、キャベツや西瓜の皮の役などを演じたという話もある。房枝は生ゴミと一緒にされた石の役で、文句を言うべきところを、

「セリフを忘れてまったくの石になった」

と、自伝に書いた。宣伝ビラには、ゴミの捨て方について実にこまごまと注意書きがあり、ゴミ分別と減量が叫ばれる今日を先取りしている。七十年前の房枝の先見性に驚くばかりである。

●

「東京中央卸売市場問題協議会」も婦人の十二団体を糾合してつくった。魚の卸売市場が一会社の独占事業となっていた点に着目。独占は物価高を招き、台所をあずかる女

たちを直撃することを見抜いた。そして一年後、戦術は勝利し、「女の一念、岩をも通す」だった。

このように、戦争をきっかけとして房枝の運動は東京市のほうへ向かい、より多彩に、より生活密着型となった。それは「愛国婦人会」や「国防婦人会」とは違う「婦選魂」だと房枝は言い、政府や市の主張を無批判には受け入れない、と機関誌の『婦選』で述べている。この信念は一生変わらず、最晩年を知る私はその鋭敏な着眼と洞察力、反骨精神に脱帽するのみである。

暴漢に襲われても「婦選は鍵なり」と

女性の公民権が否定されて、市川房枝たちが「黒わくのハガキ」を全代議士に送ってから三年後、一九三一年（昭和六年）二月、今度は民政党内閣から婦人公民権案が出された。しかしこの案は、男性が二十歳、女性が二十五歳という差別があったり、女性は市町村のみという制限があったため、房枝たちは完全な平等案を求めていた。

二月十四日、婦選獲得同盟は、婦人参政同盟、日本基督教婦人参政権協会との共催で、第二回婦選大会を開き、議会に圧力をかけようと企てた。他にも十団体が加わり、地方から上京した女性も多く、八百名の盛会だった。

房枝が開会の辞を述べ始めたときである。一人の青年が、

「婦人参政権反対！」

と叫んで壇上にかけ上がり、房枝の胸ぐらをつかむや、引きずりおろそうとした。危ない！

が、暴漢が刃物を持っていなかったことと、この時代は警官が二名、壇上に立ち合って、

「弁士中止！」と規制する時代だったので、この場はむしろ幸いして、暴漢はすぐ取りおさえられ、房枝は怪我もせずにすんだそうである。

そういう話を聞くと、社会党の浅沼稲次郎が壇上で暴漢に刺されて命を落としたシーンが甦る。本当に危ういことだった。おそらく、房枝も大きいショックを受けたろうと思うが、自伝には、

「着ていたセーターが破かれた程度なので、すぐ開会の辞をつづけた」

と、淡々と書き残されているだけである。後に、この青年は赤尾敏だったろうとも言われた。大会は夜も続けられた。独唱や合唱もあり、房枝の属する獲得同盟は金子しげり作「婦選は鍵なり」という劇を出した。

これは草ぼうぼうの汚い男世帯の家に、女たちが入ってキレイに掃除をし、料理もし、子どもに温かい寝床をつくりたいから、入口の鍵をもらいたい、というテーマだった。

「庭にしか入れない不完全な公民権でなく、正門から家に入る鍵（婦人参政権）がほしいのだ」

と、女たちは叫んでパワーを示したのである。この劇のタイトル「婦選は鍵なり」は房枝のモットーの一つになり、現在、婦選会館ロビーの壁面に房枝直筆の銅板となって掲げられている。

この月、衆議院では不完全ながら婦人の公民権は通過し、三月に貴族院に送られ、結局否決された。しかし房枝は、不完全案なら、むしろ否決を望んでいたので、さらに闘志を燃やした。

二・二六戒厳令下選挙法の提言

一九三六年（昭和十一年）いわゆる二・二六事件が起こり、七月十七日まで戒厳令が敷かれた。そのため、五月に予定していた全日本婦人大会のような政治集会は禁止。やむなく五十人くらいの小さな会合とした。六月の議会に、一．婦人公民権、二．婦人参政権、三．母子扶助法、四．家事調停法などの四案提出にはこぎつけたが、これはすべて審議未了という結果に終わった。

そこで市川房枝は、目標を選挙粛正運動にしぼることにした。これは二年前、政府の外郭団体としてできた委員会だが、選挙権のない女性は入れないというこの委員会に働きかけ、房枝ら五名の女性が加わることになった。

房枝たちは六月十日の東京府会議員選挙に向け、五月上旬から各区でチラシまきや講演会を開始。六月五日、日比谷公会堂での講演会には三千人の聴衆を集めて、府当局者を驚かしたということである。

二・二六事件は、七月五日の軍法会議で十七名に死刑判決が出され、一応終結したが、その後、政府は軍の圧力で大陸侵攻へと動き出し、選挙の改正に着手。そこで房枝は、政府の選挙制度調査会に陳情書を提出した。

そこには選挙粛正運動から婦選運動への切り込み、今日の選挙法に通ずる問題点、後年の理想選挙運動や政治浄化運動に通ずる、房枝の原点のような諸点が列記してあり、興味深いので、いくつかを抽出して要約してみよう。

一、政治に対する女性の発言は、家庭や子どもに関する国家の施設の促進、未来の有権者教育に必要だ
二、小選挙区より大選挙区がよい
三、投票所の増設
四、投票当日の公休制を

五、投票時間の延長
六、不在者投票の簡易化
七、選挙違反の刑罰と連座制を
八、法定選挙費用の厳格な励行を
九、選挙人の予選会、推薦会の開催により、有望な人材を立候補させる途を開く必要がある
十、選挙費用軽減のための公営制を
十一、前回同様、供託金も減少を

以上のような提言を眺めると、一党独裁色の濃くなった小選挙区制の短所、選挙違反の連座制や政治資金規正法など選挙の正常化の指摘、そして、推薦制による理想選挙という考え方などの芽が、この時代から彼女の脳裡にキチンとでき上がっていたことに感嘆する。この時代――なんと昭和十一年のことだった。

日中戦争下の中国へ話し合いを求めて

一九三七年（昭和十二年）七月七日、日本は日中戦争に突入。政府は思想統一をはかろうと国民精神総動員を唱え、婦人団体もいわば官製の愛国婦人会、大日本国防婦人会、大

日本連合婦人会などにまとめ、市川房枝たちの婦選獲得同盟の活動は難しくなった。そこで房枝は、請われるまま選挙粛正婦人連合会に参加することにした。

たとえ官製の団体でも、表現を変えながら婦選運動を続けようと決心したのである。そして、その運動の中で、房枝はいくつもの婦人団体を横断する、まとめ役としての手腕を発揮した。

一九三八年一月からは、山田わかや房枝が政府に働きかけていた母子保護法が施行される。廃物利用、白米廃止運動、牛乳値下げ、母子の栄養問題など、房枝は婦人の問題を少しでも改善すべく働き続けた。

しかし、女性たちの時局認識が不十分と感じていた房枝は、一九三九年二月「婦人時局研究会」を発足。十二月には「婦人問題研究所」を設立。一方では、戦争終結と日中友好を模索し、中国女性との直接対話を思い立ち、戦時下の訪中を敢行する。朝日新聞初の女性記者・竹中繁との二人旅だった。

一九四〇年二月、二人は神戸から船で戦火の跡も残る上海へ。五十日にわたる中国本土の旅は、杭州、南京、漢口あたりまで足をのばし、軍の力もかりて新政権・汪兆銘や、その支持団体の女性たちにも会ったが、南京虐殺事件などを耳にすると、「日中友好確立は容易ではない」とも感じた旅であった。

さて、中国戦線はさらに拡大し、政府の婦人団体への干渉はさらに厳しくなり、先述の三婦人団体は、一九四二年（昭和十七年）には遂に大日本婦人会という一つの会に一元化されてしまうのである。しかも四〇年の九月、婦選獲得同盟は遂に解散のやむなきに至った。

一九四一年十二月八日、太平洋戦争勃発。そして一九四二年にやはり官製の「大日本言論報国会」が結成され、台湾旅行中の房枝も理事の一人に加えられていた。このことが戦後、戦争協力者として房枝を公職追放へと追いやったのである。

空襲、敗戦、そして初の女性参政権獲得

日米開戦後、しばらく優勢だった日本も、やがて形勢を逆転され、日本各地は米軍機の空襲を受けるに至り、一九四四年（昭和十九年）には住民の疎開命令が出された。

市川房枝も資料の焼失を恐れ、六月にはトラック二台の荷とともに、八王子郊外の川口村に疎開。そこから四谷の婦人問題研究所や、各地の講演などに出かける生活だった。翌一九四五年三月十日未明の東京大空襲の凄まじさは語り草である。東京下町は焼土と化し、一夜にして十二万余の死傷者を出した。四月には四谷の事務所も焼失。泊まり込んでいた房枝たちは皇居のお濠端に逃げて、かろうじて命を拾ったのだった。

その後、川口村に房枝を頼って疎開した知人たちと、荒地を開墾したり、採れたわずか

な野菜を中村屋の相馬黒光の仮寓に届けたり、米の代わりに妙り豆でしのいだり、当時の日本人の多くが体験した、助け合いの窮乏生活を房枝も味わった。

しかし、その中で房枝は村の青年たちに図書を貸し出し、勉強会を開いたり、交通不便な村から焼土の東京へ出向いては、空襲の合間を縫って細々と活動を続けている。

八月の六日と九日ヒロシマと長崎の原爆投下、そして遂に八月十五日の、日本無条件降服の日が到来する。折から東京の友人宅にいた房枝は、昭和天皇の敗戦の詔勅を聞き、

「涙が顔を伝って流れた。戦いに敗れたくやしさであった」

と自伝に書いているが、続けて、

「しかし平和がよみがえった安堵の気持ちのあと、さて、私たちは何をすべきかを考えた」

と、すぐに立ち直りを見せている。わずか十日後の八月二十五日、七十余名の著名婦人たちに呼びかけて、「戦後対策婦人委員会」を結成する素早さ！ 目標はやはり婦人参政権の実現だった。

自由党の鳩山一郎夫妻や、十月成立の幣原内閣への働きかけが功を奏したか、十月十日の閣議で婦人参政権が全会一致で決定となった。

翌日、幣原首相がマッカーサーを訪問したところ、いわゆる日本民主化のための「五原則」が示され、中に、「婦人参政権を与えよ」との一項目があったが、幣原が、

「それは昨日の閣議で決定した」

と答えると、

「それはけっこう、万事その調子でやってもらいたい」

と、マ元帥にほめられたとのエピソードが残されている。

婦人参政権はマッカーサーからもらったのではない。市川房枝他、日本女性たちの長い運動の賜物だと明記しておきたい。

初の女性議員誕生と、死も考えた追放時代

初の女性議員の誕生は、一九四六年（昭和二十一年）四月十日の衆議院選挙である。女性たちはいそいそと投票に行った。しかし、何たることか。川口村の選挙人名簿に、市川房枝の名はなかったのである。

敗戦後の混乱期、名簿の不備は多かったと言われる。三十余年間、婦選獲得に心血をそそいできた房枝にとって、この記念すべき日に自分の票が無になるとは！　どんなに無念だったことだろう。しかし、三十九名の女性議員の誕生に「大勢当選してよかった」とつぶやくのみだった。

参議院の選挙は翌一九四七年四月に行なわれることになり、請われて房枝も立候補を決

心した。ところが三月二十四日、思いがけないことにGHQ（連合国軍総司令部）から公職追放の通知が届いた。

それは前述したように、戦時中「大日本言論報国会」理事だったため、戦争協力者とみなされてしまったのである。これにには中傷者がいたらしいのだが、房枝は「噂だから」と、その人の名は生涯言わなかったということである。

こうして一九四六年創立の「新日本婦人同盟」会長の座も下り、一切の公職から退いて、人も訪れぬ川口村に養女と引きこもるハメになった。言論を通じて活動していた身が講演も文筆活動も封じられ、どんなにか辛く、歯がゆく感じられたことだろう。

収入の途も閉ざされ、畑を耕したり、兎やあひるを飼ったりしても、これまでの自分を全否定された気持ち、先の見えない暗澹たる日々の追放時代。しかも、選挙権さえ奪われて「時に死さえ考えた」と、後に語っているほどである。

もちろん、房枝の支持者たちの「追放解除」の運動は、すでに全国的に広がっており、一九四九年四月十日の婦人の日全国大会では、日本婦人の政治的自由獲得運動の功労者として、堺ため、平塚らいてうとともに感謝状を贈られた。この年、房枝は翻訳の仕事で生計もたつようになり、支持者の厚意で婦選会館横に小さな自宅も建てられ、少しずつ光も見え、力も甦ってきたようだ。

一九五〇年（昭和二十五年）十月、追放解除。三年七か月の暗い追放時代がやっと終わったのである。房枝はただちに「新日本婦人同盟」を「日本婦人有権者同盟」と改め、会長に復帰し、戦後の花々しい活動期がここに始まる。

売春禁止運動、再軍備反対、選挙費用一人分寄付（カンパで選挙）等、房枝の運動は多岐にわたった。五十代後半、やがて自ら議員に転進する。

理想選挙で参議院議員に

公職追放が解けると、一九五二年（昭和二十七年）に、市川房枝は公明選挙の理事に選ばれた。そのとき使われた標語が「出たい人より出したい人を」である。これは昭和初期に東京市政浄化運動で公募、佳作の作品だったたそうだが、後に房枝自身の「理想選挙」の標語となり、現在さらに広がりを見せている。

一九五二年十月、房枝は長谷川如是閑ら六名の文化使節の一員として渡米した。ハワイの汎太平洋婦人会議にも出席し、米本土で大統領選挙を見学。時にはナイトクラブで踊ったりと、楽しげな便りが日本に届いている。こうして米国政治家、婦人団体の人たち、日本人留学生、黒人たちにも会い、翌年にはヨーロッパを巡って三月末に帰国の予定だった。

ところが、ローマ滞在中の房枝の元へ突然届いた「至急帰国せよ」との電報。一九五三年四月の参院選に「立候補せよ」との有権者同盟からの電報だった。急遽、公示の三日前に帰国した房枝は、考慮の末「理想選挙で行なうなら」という条件を出し、東京地方区の立候補を決めた。

その条件というのが「トラックもマイクも使わない。候補者はいっさい講演会に出ない」ということだったので、支持者はびっくりしたという。これは金品をばらまいて票集めをする金権選挙への猛烈な批判である。

上から金を撒いて買収するのではなく、下から金（カンパ）を集めて、出したい人材を推し出す選挙で、従来型の選挙とは逆の発想である。

しかも、名前だけの連呼を嫌い、電車やバス、時には歩いて辻々に立ち、自分の政見を述べるという、非効率的なやり方だったので「金を出さずに当選できるか？　思い上がりもはなはだしい」と冷笑を買ったが、一方では、清潔さや真面目さに共感する者も多く、じわじわ人気が上がり、何と二位当選を果たしたのである。

こうして「理想選挙」をトレードマークとして一九五三年、五九年、六五年と三期連続当選した房枝は、人生最晩年の議員生活を花々しく始めた。あの白髪、あのシワ、歯切れのいい論理、正義感と信念に充ちた表情と行動。私たちの房枝に寄せる信望は大きくなっていったのだが……七一年に落選。

五十六万票近くとったのに、十万票台でも当選できる地区もあるという不合理。ここから「議員定数是正訴訟」に関わることになるが、この訴訟については後で述べる。

（宗教ライフ二〇〇二〜〇四）

一粒の麦──竹中繁氏

「市川房枝物語」は一九七一年までの記述で終了になった。それは前述したように、私が市川氏と出会った年であるから、以下は氏の自伝にはない私個人の思い出として、いくつかのエピソードを述べるに留めたい。

しかし、そこに至るには、どうしても市川氏にも私にも関係の深い、もう一人の人物を登場させなければならない。

一九六八年十月末、一通の死亡記事が朝日新聞に載った。

「竹中シケさん（元朝日新聞記者）、二十九日午後八時二十分、心臓マヒのため千葉県市原市鶴舞の自宅で死去、九十二歳。告別式は十一月九日午後三時半から東京渋谷区代々木の婦選会館で。葬儀委員長は参院議員市川房枝さん。（略）」

そして、告別式当日配られた故人略歴によれば、

「明治八年十一月一日東京神田淡路町で竹中竹涯の二女として生る。明治二十九年女子学院卒業、母校の教師となる」

とあって、明治四十四年より昭和九年まで、朝日新聞社の初の女性記者であり、在職中から日中友好を主張し、中国訪問数回。定年退職後、世田谷の自宅を開放して中国留学生の世話をし、鶴舞では子どもたちに無償で英語を教え、婦人会や老人会のために尽くしたことが述べられている。

竹中氏の戸籍名は「シケ」と片仮名らしかった。一九四一年、六十六歳のとき、疎開者として私の故郷鶴舞（現・市原市）に住むこととなり、戦後、私も戦時中に学べなかった英語を特訓していただいて受験にそなえた。記事のとおり無償で、たまに母が野菜や卵を持参するのみだった。

帰省のたびに訪問すると、その後の生活ぶりも実に簡素なまま。過去のことはあまり語らず、私も無理には問わなかったので、氏のプライバシーについて後年知り得たことも、私は触れずにおこう。詳細は『窓の女 竹中繁のこと』（香川敦子著、新宿書房）という評伝に残されている。「窓の女」すなわち「マドンナ」の意とか。朝日新聞社内で呼び馴れていた愛称らしい。

その評伝によれば一九二八年、朝日新聞社では月曜クラブという組織をつくり、当時の「婦人運動者もしくは指導者」と目される女性たちを集め、交流や講習会を開くことになった。提案した竹中繁氏が運営を任され、月一回、第三月曜日に開催され、羽仁説子、金子茂、平林たい子、神近市子、山田わか、平塚らいてう氏ら、錚々たる女性メンバーが集められ、やがて若い市川房枝氏も参加するようになった。

月曜クラブは一九三七年には廃止されたが、戦時中にもかかわらず、一九四〇年の二〜四月には竹中氏と市川氏は中国旅行を敢行している。ちょうど汪兆銘政権の誕生したときで、二人は日中友好の道を模索しての訪中であったという。

竹中氏六十五歳、市川氏四十七歳の二人旅であった。しかし、汪政権は短命で、二人の意図は達成されなかった。

それにしても、朝日新聞社がバックにあったとはいえ、竹中氏の、あるいは市川氏の、人脈の豊かさには圧倒される。そして、戦後のある時期から、市川氏はその人脈を生かして数人からカンパを募り、竹中氏に家の借り賃として月々の費用を送り続けた。

高齢で一人暮らしをする竹中氏を案じ、その家を都会の仲間たちの憩いの家として借り上げるという名目で、たまに何人か連れ立って泊まりにいったようである。送金は市川氏の追放時代も絶えることなく続けられており、竹中氏も市川氏の恩情は十分に察して「全部市川女史の財嚢から出ていたのではなかろうか」と、感謝の日記を残している。

こうして市川氏は、一人の先輩としての竹中氏に寄り添い、その生涯を見届け、田舎での葬式と東京での告別式を取りしきり、その後の残務を手落ちなく行なった。保守的な田舎の人たちには、竹中氏の形見分けまでいただいた。私の母には紺色の袖なしの羽織下。私には花を描いた小皿四枚（おそらく五枚組みの一枚が欠けたのだろう）。竹中氏の身近な品として、嬉しくいただいておいた。

市川氏のこまやかな気配りには驚かされる。竹中氏の日記、手帳、手紙類の資料について「鳥海さん、あなたには悪いけど、竹中さんの資料は昔の関係の人にあげたからネ」と言われたことがある。「ハイ、けっこうです」と私は答えた。

なぜ、私にことわる必要があるのか、と思ったほどだったが、私を竹中氏の教え子と思い、雑誌社にいたこともある記者の端くれであるとも思い、わざわざのことわりだった。資料を渡されたのが評伝の著者、香川敦子氏であり、彼女の母君、石川忍氏が竹中氏の女子学院時代の教え子で、以来、もっぱら深い縁の方々であったことを評伝で知った。私はこのすばらしい評伝が世に出たことを、大変嬉しいことに思っている。

婦選会館の告別式の司会は、縫田曄子氏だった。竹中氏の友人として著名な女性たちの弔詞を聞きながら、私は涙を禁じ得なかった。その夕、遺骨は市川氏のはからいで竹中家の菩提寺に運ばれ、私もお詣りして戒名をいただくことができた。

「清光院繁誉妙照大姉」

仏壇とは別に、本箱の飾り棚に収めてある。

そして帰宅後、私だけの弔詞と思い、一文をしたためておいた。

【弔詞】

私は竹中繁先生から、人生における大きなチャンスを二度も与えていただきながら、己れの無能さから二度とも実らせることができませんでした。

一つは、昭和二十二年の受験期に、「津田をお受けなさい」と、藤田たき先生にお手紙をしたためてくださったこと。

もう一つは、二十七年の就職期に「朝日を受けたら?」とおっしゃって、『週刊朝日』編集長の新延修造さんをご紹介いただいたこと。しかし、不肖の弟子で、先生のお名を汚す結果に終わり、本当に申しわけないことでございました。

英語のお教えを受けましたのは、昭和二十一年八月から翌年二月までの約半年。それこそABCの初歩から手ほどきしていただき、リーダー二冊と、先生から拝借したやさしいご本を一冊やっと読み上げる〝特訓〟ぶりでございました。

受験には失敗しましたが、私は以来、東京に残り、翌二十三年春に東京女子大学の外国語科に入りました。先生のご希望の津田塾大ではありませんでしたが、先生は「母校の女子学院の姉妹校だから」と、喜んでくださいました。

鶴舞の自宅での竹中繁氏（1962年86歳）

しかし、二十八年の卒業は日本文学科で、先生のご期待には、いつも背くかっこうになってしまいましたが、帰省のたびに参上すると、先生はいつでも喜んで迎え入れてくださいました。こうして二十二年間、ご老齢でいらしても、お慰めするのは私のほうではなく、かえって励まされ、気分を昂揚させて辞去するのが常でございました。

お伺いするたびに、先生の記者時代のお話や、中国旅行の思い出、東京の多くのご友人のご消息なども伺いました。それらのお話を順序立てて記せば、日本の近代史のある面が描き出されるほどでしたのに、いつも聞き流しにしてしまったことが悔やまれます。

一時期、先生に「思い出をお書きとめになったら？」とおすすめしましたが、「私はもう何も残したくないの」とおっしゃるばかり。本当に、こっそりテープにでもとっておけばよかったと思いますが、ご自分の過去をお話しになるよりも「それで、お仕事はどう？」と、上手な聞き役にまわられるのでした。

先生は非常にストイックな方でございました。冬でも六時に起床をし、乾布まさつ、拭き掃除、洗濯なども、他人の手は煩わさず、他人にも自分にも甘えることがありませんでした。食べ物も間食などなさらず、意志の力で見事にご自分の生涯を律しておいででした。誇張でなしに、ただの一度も他人の悪口や、つまらぬ噂話などなさったことがなく、話題は国際情勢や政情のことでした。いつも若々しい情熱と理想を持っていらっしゃいました。

あるとき、沈滞気味の私が仕事のグチを述べたとき、先生は、

「哲子さん、パリあたりでもちょっと行っていらしたら？　気分が変わって物の見方も変わるかもしれませんよ」

とおっしゃり、私は「ハア？」と絶句してしまいました。九十歳近いご老人の進取的な言葉に、若い私がウジウジしていたことを恥じ入った次第です。

新聞も丹念にお読みになり、政情にもくわしく、最近の日本の政治には落胆し、いつも批判していらっしゃいました。暴力行為には否定的でしたが、日本も中国のように変わらなければならない、と口グセのようにおっしゃり、中国本土に帰国なすった帥雲風氏の夫人の労働ぶりなども聞かせてくださいました。

そして、ご自分は「もう年をとって社会の役に立たない」とお嘆きになりましたが、亡くなる直前まで、小さな子どもさんに英語を教えておられたのですから、役に立たないど

ころではないのですが、先生ご自身は謙虚にそうおっしゃるのです。

お亡くなりになる二十日ほど前のおハガキには「せめて未来学という記事でも読んでおこうと思って……」などと、お目はさらに未来に向けられていました。

あれはジョンソン前大統領の〝北爆停止宣言〟のあとだったと思いますが、先生は「あと五年もたったら、世界情勢は大分、変わると思いますよ」とおっしゃいました。

そのあとで、ソ連のチェコ侵入があり、米ソの失策から、大国時代の終焉などと騒がれましたが、そうした世界情勢の推移にも、深い洞察力を持っておられ、びっくりいたしました。

私は思うのですが、真にすぐれた方には、私たち凡人には感知できない何かの予兆のようなものがあるのではないでしょうか。そして竹中先生は、真にすぐれた方だったのだと思います。

たとえば、チェホフは『三人姉妹』その他の作品の中で「二、三百年もすれば世の中はずいぶん変わるだろう。働かねば！　働かねば！」と、まるで革命を見透したようなことを言っておりますが、竹中先生もそうした見透しのできる方だったと思います。

それなのに先生は、中央の論壇に名をお出しになることを好まず、眠ったような片田舎でひっそり〝英語教育〟というお仕事に身を沈めておられました。何一つお説教はなさらなかったが、自らの身を土に埋めることによって、多くの芽をお育てになったと言えましょう。

十一月九日、婦選会館での御葬儀に、あれほど多くの方々が集まり、中に年若い女性も多かったことを知り、私は先生が、本当に〝一粒の麦〟であったのだと痛感いたしました。

（一九六八・十一）

「一粒の麦、地に落ちて死なずば、唯一つにて在らん、もし死なば、多くの果《み》を結ぶべし」

（ヨハネ伝十二ノ二十四）

情の人――市川房枝氏

市川房枝氏は一九五三年以来、参議院議員として活躍していたが、一九七一年の東京地方区選挙では五十五万八千余票を獲得したのに落選した。この選挙の前に、私は、竹中繁氏の遺産を元にして、市川氏が老人ホーム建設を計画しているという新聞記事を読み、何かお手伝いをして「竹中先生のご恩に報いたい」一念で、婦選会館を訪ねた。

そのときの話では、老人ホームは竹中氏と平林たい子氏の遺産を元にして、伊豆に建てたあとだから――という説明があって、

「では、選挙のお手伝いでもしてください」

と言われ、あき時間に会館に通うようになった。

これが市川氏との本当の出会いと言える。独り身の私は当時、集英社を病気退職したあと、療養しながらフリーランスの社外記者としてほそぼそと働いてはいたが、市川氏はその事情も呑み込んで、

「あなたは自分の生活があるから、それをしっかりおやんなさい。ここに来るのは来られ

るときだけでいいからね」

と言ってくださった。その言葉をありがたく受け止めて、自分の体力と気力に余裕のあるときだけ通った。選挙運動中は大てい封筒の宛名書きや発送作業で、市川氏のファンと思われる女性たちが、ボランティアとして大勢集まって作業をしていた。

この年、市川氏は落選したが、結集した支持者を捨て置くのは惜しいと、「理想選挙普及会」を改組して「理想選挙推進市民の会」を結成し、私は広報部として隔月刊の会報づくりを手伝うことになった。

主として編集長格の菅原信子氏と、山口みつ子事務局長（当時）、若い久保公子氏（現・事務局長）と私の四人が担当し、菅原氏亡きあとも、私は一九九一年の終刊まで二十年間関わったことになる。

富士山荘でくつろぐ市川氏

そして、市川氏の逝去までの十年、私が関わったのはこの「理想選挙」と、汚職議員を当選させない「ストップ・ザ・汚職議員」運動と、一票格差の問題「議員定数不均衡是正訴訟」の三つであった。

理想選挙運動

そもそも「理想選挙」とは何なのか。

当時は、選挙のたびに金品をばらまいて投票を依頼する行為が、ひそかに（あるいは田舎などでは大っぴらに）横行し、有権者側も、たかり行為を恥じないところがあったようだ。政治家の不正な買収行為と、有権者の無自覚なたかり行為があっては、政治の腐敗はなくならない、と市川氏は考えた。政治の入口で一番大切な選挙について、

「政党や候補者のものではない。有権者が自分たちの代表者として『出したい人』を見つけて候補者を依頼し、選挙費用は候補者には負担させないで皆で持ちより、手弁当で推し出すべきである」

と、会報創刊号に指針を明記した。

有権者が主体となって、金はなくとも高潔な人物を選んでカンパを持ち寄って行なうのが理想的な選挙である、という主張だ。つまり「出たい人より、出したい人を」である。このスローガンは当時、公募で選ばれた小学生の作と言われるが、市川氏並びに私たちの主張となって流行語のようにもなった。

つまり、この運動は市川氏の選挙だけでなく、その後、紀平悌子氏の参院選（東京地方区＝落選、熊本地方区＝当選）他、地方選挙（都議、区議、地方市議）にも続々と実践者

が出てきて、全国的な広がりを見せた。

実は、私の住む市川市でも一九九三年の市議補選に「市川に女性市議をふやそうネットワーク」が結成され、たしか一口千円のカンパ方式で無名の新人女性を当選させるという快挙をなし遂げた。（81ページ参照）

以来、市民型選挙と称しているが、日々の運動の中で発掘した女性を何人か推薦方式・カンパで、市川市議会に送り出している。もちろん失敗もあったが、市川氏に学んだ精神は生きていると信じている。

ストップ・ザ・汚職議員運動

一九七四年の参院選に、市川房枝氏は紀平悌子氏を東京地方区に推し、自分は立たないつもりでいた。しかし、菅直人氏ら一団の青年たちの強力な要請によって全国区に立ち、二位当選して政界に返り咲いた。

当時、田中角栄氏のロッキード事件、松野頼三氏のダグラス・グラマン事件など、米国航空機企業と政治家の癒着が発覚し、田中氏は逮捕されている。政界浄化を目ざす市川氏は国選、地方選のたびに汚職糾弾の旅を全国にくりひろげ、有権者の自覚を促すべく講演会を開き、めざましい動きを示していた。

松野氏の地元、熊本にも飛んで婦人会や青年会の人たちに「ストップ・ザ・汚職議員」を説いた。一九七九年衆院選に松野氏は落選し、この運動の成果だったと言われている。「ストップ・ザ・汚職議員」は正式には「汚職に関係した候補者に投票をしない運動をすすめる会」と称し、市川氏が十七の団体（消費者、女性、青年たち、キリスト教関係、主婦連など）を統合して、政治家の汚職を追及した幅広い運動だった。

私は氏の遊説には同行しなかったが、後にこの市民運動の記録を本にしようという話になり、レイアウトは新宿書房に任せたが、関係者の原稿を全部預かって、文体や文字統一など、本としての構成を任せられた。

本が仕上がったある日、市川氏に「ちょっと」と別室に呼ばれた。私をねぎらってくれ、

「これ、少ないけど本のお礼」

と、封筒を差し出され、

「エ？　そんなつもりじゃありませんでした」

と、驚いて私は後ずさった。婦選会館での仕事はすべてボランティアを通していたので、まったく予想外だった。市川氏は笑って、

「いや、これは会のお金じゃなく私のポケットマネーだから安心して」

と、何度も言って無理に私の手に押し込んだ。拒否は許されない具合になって、私は、

「あ、そうか。これはいただいておいて、あとで本を買いとって会のほうへお返ししよう」と思った。全額返還はできなかったが、三十冊買いとって友人たちに配ったことを思い出す。

議員定数不均衡是正訴訟

このころ同時進行していたのは、選挙の「一票の格差」に着目した「議員定数不均衡是正訴訟」である。弁護士の越山康氏が十年来挑んできた裁判だが、何回か東京高裁や最高裁で棄却の憂き目を見てきた。

私が参加したのは一九七二年十二月の衆院選だが、このときは越山氏の他、市川氏の持つ二つの団体（日本婦人有権者同盟と理想選挙推進市民の会）も加わって原告団を構成した。議員一人当たりの有権者数が、兵庫五区を一とすると四・八一という千葉一区の住民として、初めて己れの票の軽さを自覚した。

タクシーで走りまわって、やっと十数人の友人から原告としての署名・捺印をもらい、年末の締切に名簿を会館に届けたギリギリ感は忘れられない。

千葉一区の筆頭原告は黒川厚雄弁護士だった。提訴したのは東京三区、七区、神奈川一区、埼玉一区と千葉一区の五つの地区で、全体で三百七十一名の原告団となった。

しかし、東京高裁ではやはり棄却の判決だった。最高裁に上告し、一九七六年四月十四日に格差最大の千葉一区だけを取り上げ、大法廷で「定数不均衡は違憲」という画期的な判決が出た。ただし、「選挙無効の訴えは棄却」と言われ「棄却ってナニ?」と呆然とした。

結局、別室で越山弁護士に分厚い判決文をレクチュアしてもらい、これまでは「この程度の差は不平等と言えない」と言ってきた裁判所が、やっと「この不平等は違憲だが、すんでしまった選挙を無効にして、やり直しを命ずると大混乱を呼ぶので、選挙は有効である」という意味の判決だったと理解できた。

記者会見があり、千葉一区の原告代表の黒川弁護士が市川氏や越山氏と出てくれたので、私は人々の陰に隠れていたが、市川氏が「鳥海さん」「千葉一区どこにいった?」と三、四回呼ぶので、仕方なく前に並んだ。

このとき、市川氏が越山氏のレクチュアを一回聞いただけで、記者会見で過不足なく意見を述べたことに、私は驚いたりした。

この種の訴訟は、その後も参院選・衆院選のたびごとに越山氏は終生続け、また、他の地区でも次々と訴訟が起こされ、多少の是正は加えられた。実は、この判決時点で千葉一区はすでに一区と四区に二分され、私は四区に属しており、格差は少し解消して一対三・三四となっていた。

しかし、「平等とは限りなく一対一に近づくこと」というのが私たちの主張だった。二〇一一年三月、最高裁は二〇〇九年八月の衆院選に対し「一票の格差は違憲状態」という判決を出して話題となった。それまで格差二・三二（一九九六年・衆院選）、二・四七（二〇〇〇年・同）、二・一七（二〇〇五年・同）の三回とも合憲判決を出していたので、今回の二・三〇の格差を違憲としたのは、やっとここまで来た、遠い道のりだったと思わせられた。

しかも、現行の「一人別枠方式」は、格差解消にはきわめて不合理という判決だったそうで、国会は抜本的な選挙制度の見直しを迫られた。

そもそも市川氏と越山氏の訴訟は、憲法第十四条の「法の下の平等」が根拠になっている。そして、現行の小選挙区制は女性が出にくい制度とも言われ、クォータ制導入を希望する女性たちの声も高い。

司法府の指摘を立法府たる国会が、どこまで真摯に取り組んでくれるか不信感も残るが、変革期には達していると思われる。

市川氏の最後の選挙となったのは、一九八〇年六月二十二日の参院選だった。氏自身は高齢なので、引退して執筆生活に入りたいということだったが、私たちは金権汚職の国会に入ってもらいたいと出馬を促した。

投票当夜は、例によって私は自宅でテレビを見続け、全国区一位というすばらしい結果に大きな喜びを感じたが、婦選会館の大勢の人の輪に入ることは遠慮した。終始、私は市川氏に対して外部の人間だという思いがあった。それは私の性向でもあって、いつも有名人を取り巻く輪の中心部からはずれ、外縁にいるのだった。

この場合も、私は竹中繁氏のもとから移ってきた、傍系の人間であるという遠慮を感じていた。市川氏もまたその思いがあったようだ。

市川氏は秘書や会館の部下に対して「〇〇君」とか「君はネ……」と、くだけた言葉を使うときがあったが、私には「さん」づけや「あなた」と、普通の話し方だったから、私も立場の違いは守っていた。

もっとも「〇〇君」は、国会での指名が男女を問わず「クン」づけだったせいかもしれない。議員生活の長い市川氏には、身についた呼び方だったかもしれない。

秘書の紀平悌子氏や山口みつ子氏には、厳しい薫陶が施されただろう。二人とも市川氏の評伝を書きたいと言っているし、他にも女性たちの「市川房枝研究」も本になっている。私の思い出は、単なる私の思い出に過ぎない。しかも私は、市川氏と直接に接したことがあまりなかった。いつも遠見の市川氏だった。

だが、ほんの少しの接触で感じた氏の人となりは、一言でいうなら〝情の人〟だったと言える。サバサバした語り口は、その風貌とともに男性的とも思われるが、内実はこまやかな気くばりと、相手に対する適温の情がこめられていた。

竹中氏への生涯の〝看取り〟も、竹中氏の資料を香川氏に与えた私へのことわりも、ポケットマネーも、べたつかないで、こまやかだった。決して荒々しくはなく、重荷にもさせなかった。

一人ひとりに対し、この人はどこから来て、どういう状況にある人間かが、よくわかっている気がした。そこには明晰な記憶力もあると思う。

養女になった市川ミサオ氏の『市川房枝おもいで話』（ＮＨＫ出版）は、縫田曄子氏が話の引き出し役となり、私もいささか関係してできた本だが、ミサオ氏が市川氏を評して、

「先生は『人間』なのです」

と、語っている点が興味深い。

男でもなく女でもなく、父でもなく母でもなく、最も「人間」らしい人間。いい言葉だと私も共感した。公的な市川氏しか知らない私にとって、この本は純朴で謙虚な若いミサオ氏との暮らしの中で、自然な市川氏の素顔が見られ、二人の暮らしぶりも微笑ましいので紹介しておきたい。

私には師と呼びたい方々は何人もおられるが、ここでは竹中繁氏と市川房枝氏のお二人を考えた。

竹中氏の知的で、物静かで、謙虚な人柄は私の憧れで、年老いたとき、このようにありたいと思ったが、一方、市川氏の資質は私にはないもので、とてもこうはなれないという憧れだった。

機を見るに敏というか、世の動きを俊敏に捉え行動に移す実行力、持続力、大勢を巻き込み、いくつもの会をつくり、政治に訴えかける包含力と統率力……等、一貫して強靭な精神の持主だったと思う。

公職追放という不遇な時代には死を考えたこともあるとは言うものの、最晩年は輝きの中に生き切った。

市川氏は一九八一年二月十一日、心筋梗塞で逝去された。十二日通夜、十三日お別れ会が婦選会館で営まれ、本葬・告別式は二十六日、青山葬儀所だった。私は会場係として奉仕した。

この日は時折粉雪が舞う寒い一日だったが、正午からの葬儀には各界から三百人、二時からの告別式には一般の方もつめかけて、三千五百人ほどの長い列となった。このことを私は『理想選挙推進市民の会』の会報にこう記録した。

「膚を刺す寒気は、凛然と生き抜いた市川先生の最後を送るにふさわしく、白い花々に飾られた祭壇はむしろ簡素で、すがすがしかった。無宗教の形式だったから、人々は思い思いのやり方で、先生の温顔にお別れを告げた。清潔で強靭で、かつ市民を幅広く迎え入れて下さった先生らしい葬儀だった」

市川房枝氏、行年八十七歳九か月。『八十七歳の青春』という自伝的映画（ＤＶＤ化された。桜映画社）が残されている。

市川氏逝去のあと「財団法人　婦選会館」は、「財団法人　市川房枝記念会」と改称され、婦選会館は建物の名前として残した。

さらに二〇一〇年「財団法人　市川房枝記念会女性と政治センター」と改称し、市川氏が婦選運動を通じて女性の地位の向上をはかり、政治浄化に力を尽くしたその志を継いでゆこうとしている。

（二〇一一・五・十五）

おわりに

ちょうど二十年前、身辺雑記をまとめて『言っておきたかったこと』という雑文集を出版した。当時、地方紙のコラム、詩の同人雑誌、友人たちと作った月刊の小冊子など、あちこちに書き散らした短文を、これまた親しい友人が一冊にまとめて編集をしてくれた。

年頭、思いがけず、この本の再刊の話が持ち上がった。私としてはあまりにも旧い本なので躊躇があったが、考えてみるとこの本は私家版だったので、親しい知友に配っただけだったし、戦争中の子どもの体験などはもっと幅広く若い人たちにも読んでもらいたいという気になって、旧文も続編と共に、ここに再録することにした。

ただし、ここ二、三十年間の時代の変化はあまりにも著しい。風俗も生活ぶりも感覚も変わってしまい、私自身は化石人間だという自覚が大きい。だから旧文の項は執筆年代を確かめていただかないと時代錯誤の感があるだろう。

躊躇しながらも、この仕事を進める気になった第二の理由は、今年の二月十一日が市川房枝氏の没後三十周年にあたることだった。三月五日、私も市川房枝記念会の方々と富士霊園の墓参に参加した。ちょうど富士山は裾野まで雪をかぶって、全山神々しい白銀の山で「霊峰」という言葉がふさわしかった。印象深い一日だったし、自分の年齢も考えて、今年を記念して市川氏の思い出を書き残しておきたいという気になった。

折も折、三月十一日、あの東日本大震災である。連日、大地震・大津波の恐るべき惨状を見つづけ、これらの映像の凄まじさは文にも言葉にもならない感じに陥っていたが、しかし、加えて福島第一原発の事故については、これは見逃しにしてはいけない問題だと強く思った。私には難問だったが、新聞の山をかき分け、理解しうることを考えて、一言自分の思いを言っておきたいと思って書き残した。

四月二十六日がチェルノブイリ原発事故の二十五周年だとわかって、すでに前著で、原発より太陽エネルギーを、と書いていたので、その文も旧いが入れてある。地域の反核運動に参加している私としては、やはり言わずにはいられない。

世はツイッターばやり。これは私の折々のつぶやき。私は紙とペンでつぶやくほかないが……。

昨年夏、思いがけず第二詩集を上梓することができたが、今年もまったく思いがけずこの本の出版となった。お声をかけてくださった文芸社の長沢邦武氏、小野幸久氏に深く感謝を申し上げる。また汚い原稿の整理、再構成など、ご苦労の多かったことと思い、佐藤圭子氏に心から御礼を申し上げたい。

二〇一一年八月十一日

鳥海哲子

著者プロフィール

鳥海 哲子（とりうみ てつこ）

1930年、千葉県生まれ。
1953年、東京女子大学日本文学科卒。「旅」編集部、集英社雑誌編集部を経て、66年フリーとなる。1971年以来、市川房枝氏の運動に参加。市川房枝記念会評議員、監事、理事を十余年務め、2010年退任。現在は維持員。日本婦人有権者同盟会員。1982年以来、市川女性問題懇話会会員。'92-'93年会長（2001年閉会）。1993年以来、市川に女性市議をふやそうネットワーク会員等、主として女性運動、平和運動に参加、現在に至る。

著書
詩集『孤愁』（1982）、『遠い風景』（2010）
雑文集『言っておきたかったこと』（1991）
伝記『20世紀のすてきな女性たち』（7巻に「市川房枝」所収。岩崎書店、2000）
連歌研究『文和千句式目一覧』（共著2002）
インタビュー集『一期一会』（2005）

つぶやいたり さけんだり こんなふうに歩いた半生

2011年11月15日　初版第１刷発行

著　者　鳥海 哲子
発行者　瓜谷 綱延
発行所　株式会社文芸社
〒160-0022　東京都新宿区新宿１－10－１
電話　03-5369-3060（編集）
03-5369-2299（販売）

印刷所　株式会社平河工業社

ISBN978-4-286-10999-2